Stefan Petermann

Das Gegenteil von Henry Sy

Stefan Petermann

Das Gegenteil von Henry Sy

Roman

asphalt & anders Verlag

www.asphalt-anders.de

Die Abbildungen auf den Seiten 36 und 50 stammen aus dem Privatarchiv des Autors. Bei allen übrigen Abbildungen liegen die Rechte bei der FOTOTHEK Weimar.

Korrektorat: Simone Winkens, Hamburg
Satz: Nico Schröder, Hamburg
Titelgestaltung: Monika Götz, Fischbach, unter Verwendung eines Bildes der FOTOTHEK Weimar
Autorenfoto: J. Rom, Leipzig
Gesamtherstellung: CPI Books, Leck

ISBN 978-3-941639-10-2

Wenn wir jung sind,
erfinden wir verschiedene Zukünfte für uns selbst;
wenn wir alt sind,
erfinden wir verschiedene Vergangenheiten für andere.

Julian Barnes, *Vom Ende einer Geschichte*

Das Ende ist nicht wichtiger als die Momente,
die zu ihm führen.

Kan Reives Gao, *To the Moon*

Henry Sys Leben

25. Juni 1995

Von all den Gesichtern

Ihr Gesicht, dachte ich, würde ich unter den Gesichtern aller Menschen wiedererkennen, die gelebt haben oder jemals leben werden, ihr Gesicht könnte hundert Jahre alt sein, die Zeit würde nichts von ihr nehmen können, nichts von ihrer Anmut, ihrem Stolz, ihrer Einzigartigkeit.

Ich hatte Magda gesehen, für einen Augenblick nur war sie zwischen den Massen aufgetaucht, den Gürtel wie früher verknotet, im zögernden Gang, als fühlte sie sich unwohl hier am verhüllten Reichstag, zwischen all den anderen. Als wüsste sie nicht, weshalb sie an diesem Ort sein sollte. Doch ich wusste es. Magda war hier, damit ich sie sehen konnte, für diesen einen Moment erkannte, was wichtig war, damit ich wieder von ihr ahnte, dass ich mich zurückerinnerte und begann, sie endlich in mein Leben zu lassen.

Ich stand auf, stand auf dem Rasen, zwischen den Menschen, sah über sie hinweg, suchte nach Magda, als Helen neben mich trat, mich erst küsste und dann in mein Ohr flüsternd fragte, ob wir nicht näher zu den Planen gehen wollten. Ich sagte etwas, damit ich etwas sagte, und Helen löste sich von mir, drehte sich um, blickte mich an, erst erwartungsvoll, bald irritiert, forderte mich mit freundlichem Winken auf, ihr zu folgen, mich, der nur Augen für Magda hatte.

Ich hätte loslaufen und nach Magda suchen sollen, sie unter allen Umständen finden müssen. Doch das tat ich nicht. Ich blieb, wo ich war, weil ich war, wie in den Jahren zuvor, weil ich annahm, dass, wenn Magda und ich letztlich doch füreinander bestimmt wären, sich alles ohne mein Zutun fügen müsste.

24. September 1959

Huck erwacht zum Leben

An einem Donnerstag probierte ich Huck zum ersten Mal aus. In der letzten Stunde hatten wir Geografie bei Frau Milde. Nachdem alle das Zimmer verlassen hatten, lief ich zum Lehrertisch und öffnete die Schublade. Dort lag Frau Mildes gelbes Halstuch. Ohne zu zögern steckte ich das Tuch in meinen Ranzen. Vor der Schule wartete Magda auf mich. Sie wollte mit mir an den Panzerteich gehen. Doch dafür hatte ich jetzt keine Zeit.

So schnell wie nie zuvor rannte ich zurück nach Hause. Stürmte die Treppen hinauf in mein Zimmer und sperrte die Tür hinter mir doppelt ab. Zerrte den ochsenblutroten Koffer unter dem Bett hervor und holte Huck heraus. Seit er in meinen Besitz gelangt war, hatte ich ihn nicht mehr angesehen: Für eine Bauchrednerpuppe war Huck nicht gerade groß. Das Holz seines Körpers war an vielen Stellen rau, der Stoff der Puppenhose zerschlissen. Aber was hatte im Brief gestanden?

»Schau nicht darauf, wie etwas aussieht. Hör auf die Gedanken. Sie sagen dir alles.« Daran sollte ich mich nun halten.

Ich band Huck das gelbe Halstuch von Frau Milde um. Das war der persönliche Gegenstand, den ich benötigte, damit Huck zum Leben erwachen konnte. Dann schob ich meine Hand in den offenen Rücken der Puppe.

Sofort durchströmte mich ein seltsames Gefühl, gerade so, als würde ein Wind durch mich gehen, als würde ich meinen Körper verlassen und mich von oben beobachten können. Es schien, als würde sich Huck verändern. Als würde er plötzlich ein Kleid tragen, kariert wie das von Frau Milde, als würde sich sein Gesicht verformen, als würde er ihre Augen bekommen, ihre Haare. Und ohne dass ich etwas gesagt hätte, ohne dass ich die Finger bewegt und damit seinen Mund bedient hätte, sprach er, sprach sie drei Sätze:

Ich kann Friedrich nicht lieben.
Ich hasse diesen Ort und möchte in Mexiko leben.
Ich werde niemals eigene Kinder haben.

Das war die Stimme von Frau Milde, unverkennbar, dieses verschreckte, kaum wahrnehmbare Hauchen von Worten. Bestürzt zog ich meine Hand aus Huck heraus. Sofort verschwand das Kleid, verwandelte sich ihr Gesicht zurück zu seinem, fiel er in sich zusammen und wurde wieder zu einer toten, hölzernen Puppe. Ihre Stimme aber, diese drei Sätze, Frau Mildes Gedanken konnte ich nicht vergessen.

15. Juni 1973

Clever & Smart

So viel war klar: Die Männer wollten bemerkt werden. Obwohl eine freundliche Frühsommersonne die Terrasse wärmte, trugen sie Mäntel. Ihren Kaffee hatten sie vor über einer Stunde bestellt, aber seitdem nicht ein einziges Mal daran genippt. Bisher hatte ich mich davon nicht stören lassen; den Erdbeerkuchen hatte ich in aller Ruhe gegessen, dazu ein Bier getrunken und Spengler gelesen.

Immer wieder hatte ich provozierend zu ihnen geblickt. Schnell drehten sie dann ihre Köpfe und starrten auf den Plastikblumentopf vor ihnen, als wären die violetten Blüten der falschen Usambaraveilchen das Interessanteste der Welt. Den Rechten hatte ich Clever genannt, den Linken Smart. Eigentlich war es unvernünftig, Männer, die einen observierten, provozierend anzustarren. Allerdings: War Vernunft nicht eine Erfindung von Feiglingen? Also legte ich das Buch beiseite, stand auf und ging zu den beiden.

»Der Erdbeerkuchen ist köstlich. Den sollten Sie unbedingt probieren.«

Sie wirkten kein bisschen überrascht, sondern fast erleichtert, dass ich es war, der sie ansprach.

»Wollen Sie sich nicht setzen?«

Ich nickte und nahm ihnen gegenüber Platz. Am Nebentisch warf ein Kind ein Glas Limonade um. Die Mutter zog hastig Papiertaschentücher aus ihrer Handtasche und legte sie über den sich rasch vergrößernden Fleck. Clever, Smart und ich schauten zu, sagten ansonsten aber kein Wort.

»Und nun?«, unterbrach ich das Schweigen.

»Uns ist aufgefallen«, kamen sie ohne weitere Umschweife zur Sache, »dass Sie ein gewisses Talent dafür besitzen, sich in Menschen hineinzuversetzen, gerade so, als könnten Sie deren Gedanken lesen.«

Kurz zuckte ich zusammen, was ihnen nicht verborgen blieb.

»Wir möchten nicht unbedingt das Wort ›manipulieren‹ benutzen ...« Sie machten eine Pause. »Aber, nun, vielleicht ja doch.«

»Ich weiß nicht, wovon Sie sprechen.«

»Doch, das wissen Sie. Sie haben sich in den letzten Jahren sehr aktiv innerhalb verschiedener, teilweise illegaler Gruppierungen bewegt.«

Kein Vorwurf schwang in ihrer Stimme mit. Vielmehr glaubte ich, Respekt darin zu erkennen.

»Sie haben sich dabei viel Vertrauen erworben. Das ist bemerkenswert. Wir möchten von Ihren Fähigkeiten profitieren.«

»Wer ist Wir?«

Beide schauten mich an, als hätten sie die Frage nicht verstanden. Weil sie nicht reagierten, fuhr ich fort.

»Was hätte ich davon?«

»Sie werden reisen. Sie werden interessante Menschen treffen. Und, natürlich, werden Sie viel Geld verdienen.«

»Sie kommen nicht vom Geheimdienst oder so?«

Nicht der geringste Anflug eines Lächelns in ihren Gesichtern.

»Nein. Wir arbeiten für keine Regierung und gehören keiner Vereinigung an, die irgendeiner Regierung nahesteht. Ganz im Gegenteil.«

Der Kellner näherte sich uns. Ich winkte ihn heran.

»Die Herren«, sagte ich, »die Herren nehmen noch einen Kaffee. Ihrer ist schon kalt. Außerdem noch zwei Stücke Erdbeerkuchen. Nein, warten Sie, lieber drei. Drei Stücke Erdbeerkuchen. Die Herren zahlen auch.«

Ich dachte, Humor wäre die angemessene Art und Weise, mit Clever und Smart umzugehen. Denn es war die Zeit, als ich keine Angst empfand, eine Zeit, in der ich mich für unbesiegbar hielt, als gäbe es nur Huck und mich – und dann erst den Rest der Welt. Selten hatte ich mich mehr getäuscht. Denn so verknüpfte sich mein Leben auf ewig mit Obsidian.

November 1951

Eine wirklich schöne kleine Stadt

Ich weiß nicht, ob ich mich erinnere. Ob ich nicht auf einem Berg stehe und hinab in eine Landschaft blicke, die sich siebenundsechzig Jahre weit in die Ferne erstreckt. Versuche ich diese Landschaft zu beschreiben, kann ich nur ungefähr sprechen. Will ich genauer schauen, verlieren sich die Ausschnitte, verschwimmen ineinander. Dann ahne ich mehr, als dass ich sehe.

Am Ende dieser Landschaft, viele Jahrzehnte entfernt, befand ich mich in einer Bäckerei. An der Wand hingen Urkunden, die bezeugten, dass der Kretschmar-Bäcker ausgezeichnetes Brot buk. Das lag in zwei langen, mehlbestäubten Regalen. Auf der Verkaufsstelle stand eine wuchtige Registrierkasse. Hinter Glas waren Kekse und drei verschiedene Kuchensorten ausgestellt. Nach hinten ging eine Tür zur Backstube ab, in der es rumorte.

Ich reichte einen Zettel hinauf zur Theke. Dabei war das nicht mal nötig. Stets wurde ich von meiner Mutter mit dem gleichen Auftrag zum Kretschmar-Bäcker geschickt: Hol ein Zweipfünder.

Frau Kretschmar, die Frau des Bäckermeisters, wusste längst Bescheid. Schon wenn ich ihr Geschäft betrat, nahm sie für gewöhnlich ein Brot aus dem Regal.

»Und hier«, sagte Frau Kretschmar, »nimm schnell.«

Zusätzlich zum Zweipfünder reichte sie mir einen Marmorkeks über die Theke. Der sah großartig aus, ich wollte sofort hineinbeißen.

»Nein, nicht im Laden. Geh lieber woanders hin.«

Ich ließ den Keks in meiner Tasche verschwinden.

»Du brauchst doch auch mal was Gutes. Deine Mama hat's ja nicht leicht. So als Zugezogene …«

Sie schüttelte den Kopf.

»Das ist eine wirklich schöne kleine Stadt. Mit netten Häuschen und der Wald … ach, der Wald. Wirklich so schön. Aber die Leut, verstehst, die Leut können manchmal so verbohrt sein. Die lassen deine Mama einfach nicht in Ruhe.«

Ich verstand nicht, was sie meinte.

»Na, hoffentlich hast du's mal besser.«

»Klar, habe ich.«

»Du musst auf deine Mama aufpassen. Du musst sie beschützen.«

»Werde ich. Ich bin schon groß. Nächstes Jahr komme ich in die Schule.«

»Dann werde ich dir was Süßes in die Zuckertüte packen«, erklärte Frau Kretschmar und lachte mich an.

Ich weiß nicht, ob das ihre Worte waren, ob ich so gesprochen hatte. Ich weiß, es gab diese Bäckerei, ich weiß, Frau Kretschmar arbeitete dort, und ich weiß, dass sie mir oft Kekse schenkte. Der Rest aber, der verliert sich in der Ferne.

7. März 1991

Halbes Glück

Da war ein Kind, und es war nass. Man sollte meinen, ein nasses Kind wäre kein ungewöhnlicher Anblick an einem Strand. Aber nicht am Nordpazifik und bestimmt nicht zu dieser Jahreszeit. Ich konnte förmlich sehen, wie das eiskalte Wasser die Wärme aus dem kleinen, zitternden Körper saugte. Aber das Kind lachte glücklich, vermutlich, weil es etwa zwanzig fabrikneue Sportschuhe bei sich hatte.

Es waren meine ersten freien Tage seit gut einem Jahr. Ich war zurück nach Amerika gereist, um mich dem Dämon zu stellen. Im Prinzip hatte das überhaupt nicht funktioniert, weil der Dämon sich mir entzog. Stattdessen wirkte jeder Ort friedlich, die Menschen, die ich traf, verhielten sich mir gegenüber nur selten feindselig, alle unvorhergesehenen Zwischenfälle hatten zu günstigen Entwicklungen geführt. Es war fast schon beängstigend normal. Das sollte sich nun ändern.

Denn je weiter ich lief, desto mehr glückliche Menschen kamen mir entgegen. Manche ebenso nass, viele in Gruppen, alle hielten Schuhe in den Händen. Gerade als ich zu ihnen gehen wollte, spülte die Brandung fünf weitere Sportschuhe an. Zuerst vermutete ich eine Tragödie. Vielleicht steckten in den Schuhen noch Fußstümpfe, abgebissen von Haien. Doch konnte ich nichts dergleichen entdecken. Auch wenn die Schuhe vom Meerwasser durchweicht waren, ließen sich ansonsten keine größeren Schäden feststellen. Im Gegenteil: Das waren Nike-Schuhe, neu und ungebraucht. Selbst im feuchten Zustand mussten sie noch viele Dollar wert sein. Also bückte ich mich rasch und hob die fünf Schuhe auf.

Eine ältere Frau trat neben mich. Sie trug zwei prall gefüllte Plastikbeutel bei sich. Es gehörte nicht viel Fantasie dazu, sich den Inhalt vorzustellen.

»Haben Sie auch nur die linken?«, fragte die Alte.

Ich wusste nicht, was sie meinte. Doch da hatte sie schon nach meinen Schuhen gegriffen und studierte diese aufmerksam.

»Auch nur die linken.«

Sie gab mir die Nikes zurück.

»Seltsam, so ein halbes Glück«, murmelte sie und ging weiter, den Blick auf das Meer gerichtet.

Nun betrachtete ich die Schuhe mit anderen Augen. Die Alte hatte recht: Ich hielt fünf teure Nike-Schuhe in den Händen, allesamt für den linken Fuß. Was sollte ich damit?

Bestimmt hätte ich dem nassen Kind die Schuhe schenken können. Oder nach demjenigen suchen, der die passenden rechten Gegenstücke besaß. Aber wäre es nicht viel sinnvoller, wenn der Zufall über das Glück entschied? So nahm ich die Nikes und schleuderte sie mit aller Kraft von mir, dachte, dass es kaum etwas Befriedigenderes geben konnte, als wertvolle Dinge der Ungewissheit einer offenen See zu überlassen.

3. Januar 1976

Keine 200 Meter über dem Meer

Eben noch etwa zweihundert Meter über dem Meer, die Arme angelegt, damit die Geschwindigkeit in jeder Sekunde zunimmt, als sich vor mir ein Riss auftat. Vor meinen Augen zersprang die Welt. Wie trügerisches Eis brach der Himmel, und ich raste hinein in einen Abgrund, in dem es krachte, dumpf und unheilvoll.

Plötzlich war es dunkel, dann halb hell, weil frühes Morgenlicht durch dünne Vorhänge fiel. Es dauerte, bis ich zu mir kam, bis ich verstand, dass es kein Meer gab, keinen Himmel, kein Fliegen. Das war ich in meinem Bett in meinem Schlafzimmer in meinem Haus, und wenn ich richtig verstand, nicht allein in meinem Haus. Jemand war hier, hatte sich Zutritt verschafft, musste gestolpert sein, möglicherweise über den Stapel Bücher in der Diele. Jemand raffte sich auf, hastete weiter, öffnete eine Tür.

Bevor ich länger darüber nachdenken konnte, sprang ich auf und stürzte mich auf den Unbekannten. Überrascht fuhr dieser zurück. Ich legte nach, mein Gewicht in den nächsten Schlag und begrub ihn unter meinem Körper. Er schnaufte. Schlug ungeschickt um sich, trat, versuchte sich aus meinem Griff zu befreien. Wir rollten zur Seite, hinein in einen Lichtflur, den die Morgensonne geschaffen hatte. So konnte ich sehen.

Rottmann. Das war Rottmann. Ein fürchterlicher Anblick: schlauchbootartige Augenringe, das Gesicht aufgequollen, die Kleidung speckig.

»Die Puppe«, kreischte er, »gib mir die Puppe. Gib mir endlich diese Puppe. Ich brauche sie.«

Da lag er, kläglich, ein Käfer auf dem Rücken, unfähig, ohne fremde Hilfe aufzustehen, ein versehrter

Mensch. Mein Adrenalinspiegel sank. Ein Gefühl von Mitleid kam über mich, von Schuld und Reue. So, wie er war, konnte ich nicht anders. Ich lockerte den Griff.

Noch im selben Moment zog Rottmann das Knie an und rammte es wuchtig in meinen Bauch. Wieder Fliegen, diesmal in Sternenhöhe, wo kein Sauerstoff war. Luft fehlte. Ich röchelte. Rottmann rollte unter mir hervor.

»Die Puppe!«, brüllte er, als er die Schränke aufriss.

»Die Puppe!«, brüllte er, als er die Schubladen auf den Boden schleuderte.

»Die Puppe!«, brüllte er, als er nachtrat, in meinen Bauch, in die Nieren, was weiß ich, welche empfindsamen Organe da waren.

Er trat ein drittes, ein viertes Mal und rannte davon, hinaus aus dem Haus, hinein in den Morgen. Mitleid, dachte ich, Mitleid konnte ich mir zukünftig sparen.

26. Juni 1966

Nowhere Man

Vor der Halle ein Meer aus Ordnungskräften.

»Die haben eine Höllenangst, dass alle durchdrehen«, stellte Rottmann fest.

»Sollten sie auch. Es gibt genügend Gründe, jederzeit durchzudrehen«, sagte ich.

»Ich bin jedenfalls kurz davor, durchzudrehen«, meinte Magda.

Ansonsten warteten wir einigermaßen geduldig darauf, zu den Beatles eingelassen zu werden. Vor und hinter uns die Langhaarigen mit ihren Sonnenbrillen, die Mädchen in den kurzen Röcken, die berauschten Gymnasiasten.

Mir fiel ein Junge auf, ein Halbwüchsiger, der abseits gegen eine Mauer lehnte, bemüht, lässig zu erscheinen; die obersten Knöpfe seines Hemdes offen, darüber ein zu weites Jackett, die Haare zu einem dichten Pony gekämmt. Er betrachtete uns Wartende mit einer sehnsuchtsvollen Mischung aus Abscheu und Neid. Etwas an ihm rührte mich. Ohne weiter darüber nachzudenken, schlenderte ich hinüber und gab ihm meine Eintrittskarte.

»Hier.« Der Halbwüchsige verstand nicht.

»Damit kannst du rein.«

»Aber, ich …«, stammelte er, »… ich habe nur drei Mark fünfzig dabei.«

»Schon gut«, sagte ich, »das passt so.«

Wie ein Heiligtum hielt er die Karte in den Händen.

»Warum …?«

»Nimm sie lieber schnell, bevor ich es mir noch anders überlege.«

Das verstand er dann doch. Glücklich rannte der Halbwüchsige los, hin zum Ende der Schlange.

Als ich Rottmann und Magda davon erzählte, glaubten sie an einen Scherz. Erst nach und nach wurde ihnen klar, dass ich es ernst meinte. Rottmann erklärte mich für wahnsinnig. Empört zählte er auf, was er alles riskiert hatte, um an die Eintrittskarten zu kommen. Auch Magda war fassungslos.

»Das sind die Beatles, die BEATLES.«

»Ach, die spielen bestimmt mal wieder hier.«

Weil sich beide nicht beruhigen wollten und mir mit ihren Vorhaltungen auf die Nerven gingen, ließ ich sie stehen und verzog mich in den Park.

Kurz bevor das Konzert beginnen sollte, kam Magda zu mir.

»Sind die jetzt nicht dran?«, fragte ich.

»Ich will bei dir sein«, sagte sie.

Sie sah mich mit einem seltsam bestimmenden Blick an.

»Außerdem kann man die Beatles auch von hier hören.«

Doch von der Musik hörten wir nichts. Nur ein ständiges Summen aus dem Inneren der Halle, das mal lauter wurde, mal leiser. Bis es schließlich zu einem einzigen kreischenden Tumult anschwoll.

Und plötzlich drehte Magda tatsächlich durch. Schrie laut, sprang auf, wieder und wieder. Das war kein Tanz, das war irgendetwas anderes. Und irgendwann, in ihrer größten Begeisterung, fiel sie mir um den Hals. Sie küsste mich, ein, zwei Sekunden, vielleicht auch ein Lied lang hindurch küsste sie mich.

Danach schob ich sie sanft zur Seite. Magda schien es nicht zu bemerken. Sie bewegte sich weiter, einfach weiter, so, als würde sie Musik hören, so, als würde jemand mit ihr tanzen. Ein berittener Polizist kam, um nach dem Rechten zu sehen, doch ich zeigte ihm an, dass alles bestens war.

13. Mai 1961

Die Fahne

Nachts waren Rottmann und ich in die Schule eingebrochen und hatten die schwarz-rot-goldene Fahne, die an einem Mast auf dem Hof hing, eingeholt. Schnell erledigten wir ein kleines und ein großes Geschäft darauf. Es war sehr widerwärtig. Das entsprach genau unserer Absicht. Nachdem wir die Flagge in diesem Zustand wieder gehisst hatten, verschwanden wir in die Dunkelheit.

Die Aktion hatte nur wenige Minuten gedauert. Gefeiert aber haben wir danach Stunden. Rottmann konnte sich kaum beruhigen, denn die Sache mit der Fahne war ihm eine Herzensangelegenheit. Ausführlich legte er dar, weshalb dieser Staat es nicht anders verdient hätte. Mir war das alles recht gleich. Anstatt der bundesdeutschen hätte es auch die Fahne von Amerika, der Sowjetunion oder meinetwegen von Taka-Tuka-Land sein können. Ich wollte kein Zeichen setzen gegen irgendetwas. Ich wollte nur irgendetwas anderes tun.

Am nächsten Morgen gingen wir übermüdet, aber zufrieden in die Schule. Auf dem Hof hatten sich die Schüler aller Klassen versammelt. In Gruppen standen sie zusammen, lachten, diskutierten, schauten. Der größte Pulk hatte sich um den Mast versammelt. Zwar war die Fahne eingeholt worden, doch lag sie auf dem Boden, so, dass jeder, der sehen wollte, sehen konnte. Die Lehrer versuchten, den Aufruhr zu bändigen, konnten der explosiven Mischung aus Sensationsgier, aufkeimender Meuterei und aufrichtiger Vorfreude über einen möglichen Ausfall der ersten Stunde jedoch nichts entgegensetzen.

Erst als Rektor Böhner den Schulhof erreichte, beruhigten sich die Gemüter. Er verschaffte sich einen Überblick und erteilte mit harscher Stimme umgehend Anweisungen. Die Fahne wurde weggeschafft, die Lehrer suchten ihre Klassen zusammen und trieben sie zurück ins Gebäude. Nur ich musste nicht in die Klasse. Stattdessen wurde ich ins Rektorzimmer kommandiert.

Rektor Böhner ließ mich bestimmt eine Stunde lang schmoren. Vermutlich sollte ich in dieser Wartezeit zu zittern beginnen und mir ausmalen, welche fürchterlichen Strafen mir drohten. Doch Angst verspürte ich keine. Solange Rottmann dichthielt, hatte Böhner keine Beweise. Was also sollte mir schon passieren?

Schließlich erschien der Rektor. In aller Ruhe nahm er an seinem Schreibtisch Platz, schlug einen Ordner auf, las in einem Papier und kritzelte einige Anmerkungen darauf. Dann schaute er auf und sah zu mir, als würde er mich erst jetzt bemerken.

»Der Bastardjunge also.«

Er kam hinter seinem Schreibtisch hervor und baute sich vor mir auf.

»Das dreckige Hurenkind«, fügte er hinzu und versetzte mir eine Ohrfeige.

Eins musste man ihm lassen: Der Rektor wusste, wie man schlug. Bestimmt machte er das nicht zum ersten Mal. Wahrscheinlich würde sich der Abdruck seiner Hand für Tage in meinem Gesicht abzeichnen. Die Tatsache, dass ihn das nicht störte, zeigte mir, wie sicher er sich fühlte.

Nach dem Schlag setzte er sich wieder. Erneut blätterte er in Unterlagen und lehnte sich dabei im Sessel zurück.

»Was machen wir nur mit Gesindel wie dir?«

»Ich war es nicht.«

»Doch, doch.«

»Sie können es nicht beweisen.«

»Du dreckige Sau, du. Dir muss ich nichts beweisen.«

Kalt sah er mich an.

»Ich könnte dich zur Polizei bringen. Aber da sitzt du zwei, drei Stunden und lachst dir am Ende noch ins Fäustchen. Oder ich werfe dich von der Schule. Schreib dir was in die Akten, dass keine Schule dich jemals nehmen wird. Aber ...«, er überlegte, »wir wissen beide, dass die Schule dir egal ist. Damit würde ich dir ja doch nur einen Gefallen tun.«

Boshaft lachte er auf. Er legte den Kopf in den Nacken und schloss die Augen. Ich nutzte die Zeit und sah mich in seinem Zimmer um. Seit meinem letzten Aufenthalt hier hatte sich kaum etwas verändert. Die Fotos von ihm in der Tracht des Schützenvereins, die Urkunden an der Wand, die Medaillen.

»Was ich aber werde ...«, fuhr er fort, »... was ich aber könnte ... die Magda, du und sie, ihr versteht euch doch, was?«

Mit einem Mal wurde mir anders zumute.

»Wer?«, fragte ich in der Hoffnung, dabei so unbedarft wie möglich zu klingen.

»Ein schlechter Schauspieler bist du.«

Er öffnete die Augen.

»Ja, die Magda, das wäre was. Der Magda, der ist doch die Schule wichtig. Ist ja auch die Erste von ihrer Brut, die nicht ganz so dumm tut. Die Magda macht was her. Wenn man die Magda nun von der Schule nimmt und ihr was in die Akten schreibt, da würdest du nicht mehr so grinsen, was?«

Ich grinste nicht. Ich habe nie gegrinst.

»Da vergeht es dir, was?«

Magda war die Klassenbeste. Schon immer gewesen,

und niemand zweifelte ernsthaft daran, dass sich das jemals ändern würde. Magda war fleißig, Magda war klug, Magda war ehrgeizig. Später wollte sie studieren, das hatte sie schon klargemacht, als wir in der zweiten Klasse waren und niemand wusste, was studieren überhaupt bedeuten sollte. Wenn Rektor Böhner sie von der Schule warf, würde ihre Mutter nicht das Geld haben, sie jeden Tag mit dem Bus in die Schule zwei Orte weiter zu schicken.

»Sie Arschloch«, stieß ich hervor.

Rektor Böhner lachte auf.

»Ja, so machen wir es, was, Bastardjunge?«

In diesem Moment sagte ich mir, dass der Rektor so viel Rektor sein konnte, wie er wollte. Ich war viel mächtiger als er. Denn ich besaß Huck. Und Huck hatte mir die geheimen Gedanken des Rektors verraten. Und nun verriet ich diese Gedanken dem Rektor. Es waren drei lange, wirklich bösartige Sätze, ebenso hasserfüllt wie voller Angst um die Offenbarung eben dieses Hasses und vielmehr noch darüber, mit welcher Gnadenlosigkeit er dem Hass in vergangenen Zeiten nachgegangen war. Ich sagte dem Rektor diese Gedanken, und dem Rektor verging das Grinsen. Er traute sich nicht zu fragen, woher ich sein Geheimstes so genau kannte. Bleich und fahl saß er in seinem Stuhl, längst kein Rektor mehr.

»Die Magda bleibt«, sagte ich froh gelaunt, »und schauen Sie zu, dass die Magda die Beste mit Auszeichnung wird. Die Fahne aber, die können Sie gern behalten.«

18. Juni 1985

Die andere Seite der Welt

Wir gruben ein Loch, so tief, dass wir damit auf die andere Seite der Welt vorstoßen würden.

»Ob die Leute da auf dem Kopf stehen?«, fragte die kleine Sandra und kicherte.

»Vielleicht ist dort alles anders als hier. Die Wiesen sind lila, wer irgendwo ankommen will, geht so langsam wie möglich, und wer was zu sagen hat, schweigt.«

»Und Stachelbeeren schmecken total gut.«

»Ganz anders wäre wirklich wunderbar.«

Sandra gab mir die Schaufel.

»Ich muss jetzt erstmal verschnaufen.«

Gemeinsam schauten wir auf das Loch, das wir in den letzten Stunden geschaffen hatten. Mir reichte es bis knapp zu den Knien, bei Sandra bis zu den Hüften.

»Da haben wir noch ein bisschen Arbeit vor uns.«

»Ja, aber wir packen das.«

Sandra griff nach meiner Hand und zog mich mit sich. Gemeinsam liefen wir zu ihrer Mutter.

Magda saß auf einem Campingstuhl und las Umberto Eco. Ab und an sah sie auf und blickte in den Garten. Es war kein großer Garten. Aber er genügte uns. Beete für das Gemüse und die Blumen, Kirsch- und Apfelbäume zum Klettern, Gebüsche zum Verstecken. Das Gras ließen wir wuchern. Keine Nachbarn, die darüber die Nase rümpften. Ich konnte mir vorstellen, dass dieser Garten die gesamte Welt sein könnte. Mehr würde ich nicht brauchen.

Als Magda uns schwitzend und schwatzend kommen sah, schenkte sie drei Gläser Holundersaft ein. Wir tranken, sprachen über die Pläne für den Sommer, das

Loch zur anderen Seite der Welt. Sandra wollte Magda unbedingt zeigen, wie tief wir schon gegraben hatten.

»Papa und ich werden das schaffen«, sagte sie.

Ein Augenblick, ein Wort. Papa. Magda erstarrte, ich ebenso. Sandra plapperte weiter, hatte nicht bemerkt, was dieses Wort in uns ausgelöst hatte. Drängte stattdessen ihre Mutter, mit ihr die Grube zu bestaunen. Magda sah zu mir, ihr Blick flatterte. Ich wich ihm aus, setzte mich in den Sonnenstuhl, nahm das Buch in die Hand und blätterte darin. Ich gab vor zu lesen, bis Magda mit Sandra ging.

Als Magda wieder vor mir stand, da war etwas mit ihr geschehen. Ich konnte es deutlich sehen. Eine Ruhe hatte sie erfasst, geradezu unheimlich, so endgültig, wie sie sprach.

»Wir müssen darüber reden.«

»Lass mich anfangen«, sagte ich und schwieg, weil ich nicht wusste, wie ich anfangen sollte.

Ich schenkte Holundersaft nach, hielt das Glas, trank keinen Schluck.

»Die letzten Wochen, die Monate, die Zeit mit euch … dieser Garten … ich bin sehr glücklich. Mit euch. Mit Sandra. Mit dir. Ich möchte nichts anderes mehr.«

»Nein«, sagte Magda, und ihre Stimme war absolut klar, »du bist nicht ihr Vater. Du bist überhaupt kein Vater. Du bist kein Mensch, der sich um andere kümmert. Warst du nie gewesen. Du bist niemand, den wir brauchen. Niemand, den ich brauche.«

Ich habe niemals gefragt, was mit Magda in den Minuten an der Grube geschehen war. Woran sie gedacht hatte. An den Tag auf den Streuobstwiesen? An die Geschichte, die ich ihr von meinem Vater erzählt hatte? An unsere gemeinsamen Zeiten? An die Jahre, in denen wir einander verloren hatten?

Passten all diese Momente in Minuten? Oder sollte es nicht genügen, an einen Menschen zu denken und in einer Sekunde alles über ihn zu wissen? Ohne langes Abwägen, ohne jedes Erinnern entscheiden, was dieser Mensch für einen ist? Eine Sekunde als die Summe von allem? Was hatte Magda in dieser einen Sekunde in mir gesehen?

»Du kannst bis zum Abend bleiben. Dann wirst du gehen. Das wirst du sowieso bald. So wie du das immer machst. Aber diesmal nicht. Diesmal entscheiden wir. Für dich ist hier kein Platz.«

Wir tranken Holundersaft. Magda las mir von den Mönchen vor. Sandra und ich versuchten, uns zur anderen Seite der Welt durchzugraben. Wir kamen niemals an.

28. Januar 1986

Die dunklen Jahre

Eine Rakete war explodiert. Dreiundsiebzig Sekunden in der Luft, dann die Explosion. Rauchschwaden teilten sich, Trümmer tanzten auf einem kobaltblauen Himmel. Ein Raumschiff ging als Feuer nieder.

Wo ich war, gab es keinen Himmel mehr. Nur eine graue, unansehnliche Wand aus Schnee. Der Wagen steckte in einer Wehe fest, auf einer Straße mitten im Wald. Ich hatte Proviant für einige Tage bei mir, Wasser sowieso, auch warme Decken. Ansonsten besaß ich nichts. Ich konnte hier verloren gehen, und niemand würde mich je vermissen.

An einer Tankstelle mitten im amerikanischen Nirgendwo hatte ich gehalten. Ich hatte nur bezahlen wollen, doch der Besitzer hatte mich nicht weiter beachtet. Stattdessen hatte er stumm auf einen kleinen Fernseher gestarrt. In endloser Schleife wurden die dreiundsiebzig Sekunden gezeigt, die fassungslosen Gesichter im Kontrollzentrum, auf den Zuschauerrängen. Der Name *Challenger* wurde eingeblendet.

»Das war's dann mit dem Mars«, hatte der Tankwart gemurmelt.

In anderen Zeiten hätte ich widersprochen, hätte behauptet, in zehn, spätestens zwanzig Jahren wären wir dort.

Aber wieso sollten wir den Mars überhaupt erreichen wollen? Was hofften wir, dort zu finden? Was konnte es auf dem Mars geben, das hier nicht existierte?

Ich hatte gesucht, war seit Monaten auf Highways unterwegs, war durch winzige Städtchen geirrt, die nach Rauchfleisch, Fett und Fabrikdreck stanken. Ich hatte mit Menschen gesprochen, die mir feindselig gegenüberstanden, hatte nach Spuren geforscht, mich an kleinsten Hinweisen berauscht. Doch gefunden hatte ich nichts. Da war niemand. Was ich einmal besessen hatte, war unwiderruflich gegangen.

Jetzt war ich im Schnee gefangen. Die Türen ließen sich nicht öffnen. Die Sitze hatte ich zurückgeklappt, meinen Körper in Decken gewickelt. In regelmäßigen Abständen bewegte ich mich, um dem Frost etwas entgegenzusetzen. Ich trank Wasser und schob mir Energieriegel in den Mund. All das geschah mechanisch, ohne besondere Hoffnung. Draußen musste Tag sein, drinnen war alles schwarz.

Die Tankstelle war bestimmt zwanzig Meilen entfernt. Es hätte auch ein Kontinent dazwischen liegen können. Hinter den Scheiben begann eine erbarmungslose Welt. Ohne Hilfe würde ich mich nicht befreien können. Vielleicht war das besser so. Vielleicht gehörte ich in diesen winzigen, eiskalten Käfig. Vielleicht war das mein Platz. Ich hatte nichts von Bedeutung geschaffen. Hinterlassen würde ich sowieso nichts. Niemand war mit mir besser dran. Ohne mich würde die Welt nicht anders sein.

Der Schneesturm wurde stärker. Ein Raumschiff war explodiert. Meine dunklen Jahre.

21. Juli 1969

Die Herrschaft der Menschen

Alles war so unfassbar atemberaubend. Der Himmel, der vor meinen Feueraugen zerfloss, aus dem es Kirschblütenstaub regnete, der weich auf meiner Haut landete und allmählich in den Poren versank, dessen Pollen in meinem Blut aufgingen und sich durch alle Adern hindurch in mir ausbreiteten und mich mit dem heißen Atem aller Sonnen füllten.

Ich sah, was war, was sein würde, sah mich dazwischen, als Verteiler der Zeit, gab sie aus den Händen, hinein in einen Fluss, ließ mich tragen und tragen und tragen. Gestern schmeckte hauptsächlich zitronengelb.

»Im Vergleich zu dem, was dort geschieht, ist unser Zustand erschütternd normal«, sagte ich und zeigte auf den Fernseher.

Ein Mann hüpfte in einem lächerlich klobigen Anzug von einer Leiter und landete im Mondstaub. Ein Schritt, ein zweiter, ein grobes Knacken im Ton. Der Mensch betrat einen fremden Himmelskörper.

Mit uns hatten sich viele im Zimmer, in dieser Wohnung, im Haus versammelt. Ab und an starrten wir in die Röhre. Getränke gingen herum, mit fabelhaften Chemikalien getränktes Löschpapier. Jeder nahm, jeder forderte, jeder bekam, lachte sowieso. Aus jedem brach hervor, was für ihn Wirklichkeit war, und was jeder erlebte, war ungleich aufregender als dieser winzige Bildschirm. Was wir dort sahen, erschien uns viel zu unwirklich.

»Heute steht die ganze Welt unter Drogen«, sagte Anschütz, »heute sind wir die Spießer.«

»Anschütz, Anschütz, Anschütz – wem gehört dies wunderbare Zuhause hier eigentlich?«

»Wenn ich das nur wüsste. Jedenfalls sollten wir vor Freitag wieder raus sein.«

Anschütz langte zur Anbauwand und bekam ein gerahmtes Foto zu fassen.

»Was für ein Familienglück.«

Anschütz reichte mir das Foto. Es zeigte eine Familie im selben Zimmer, in dem wir uns befanden. In der Ecke ein Weihnachtsbaum, daneben ein Fernsehgerät, unsere Röhre. Ein Mann mit Krawatte grinste, eine Frau in schwarzem Kleid hatte die Arme streng an den Körper gelegt. Nur der Sohnemann blickte ernst und ein wenig doof in die Kamera.

»Hervorragend. Hier versammelt sich alles, was für die Kleinbürgerlichen von Bedeutung ist: Konsum, Fernsehen, Religion. Was für ein einmaliges Zeugnis des totalen Glücks. Ein Hoch auf den Spießbürger.«

Anschütz schlug das Bild gegen sein Knie. Glas zerbrach.

»Nimm es und trage es unter deinem Herzen«, sagte er, als er mir das Foto überreichte. Den Rahmen warf er zu Boden.

So oder so entglitten uns die Stunden. Mal klammerte ich mich an einem Schrank fest, bis er ins Schwanken geriet – oder ich. Mal fiel eine von Anschütz' Bekanntschaften in eine der Zimmerpflanzen, mal in meine Arme. Mal erbrach sich ein Unbekannter auf liebevoll gehäkelte Deckchen, mal sauste jemand panisch an uns vorbei und forderte uns auf, um Gottes willen vorsichtig zu sein. Gott, sagte dann einer von uns, Gott habe insofern mit all dem nichts mehr zu tun, da Neil Armstrong heute dessen Nicht-Existenz bewiesen habe. Heute begänne die Herrschaft der Menschen.

»Zerstörung pur«, säuselte Anschütz, als er einen Aschenbecher in das Fernsehgerät schleuderte. Die

Röhre platzte, der Mond verschwand in einem wunderbar grauen Graupelmeer, das sich aus der Maschine ergoss und in das ich nun meinen seidenmatten Körper tauchen konnte.

6. August 1994

Der Apfelduft früherer Tage

Ich wollte nach dem Rechten schauen, doch was ich fand, war Chaos. Zerrissene Vorhänge, zerbrochenes Geschirr, zertrümmerte Stühle, zersplittertes Glas. Diese Wohnung erkannte ich nicht wieder.

Ich stieg über umgestürzte Tische hinweg, kam an Müllbergen vorbei. Flaschen klirrten gegeneinander; die elenden Überreste einer aus dem Ruder gelaufenen Feier. Dann sah ich: Inmitten der Zerstörung lag Samuel in einer Lache unbekannter Herkunft. Fast friedlich schlummerte er, die Hände unter den Kopf geschoben. Er trug eine lilafarbene Turnhose. Ansonsten war er nackt.

Ich warf eine Decke über ihn. Davon erwachte er. Schlug die Augen unendlich langsam auf. Sah mich an, als wäre es selbstverständlich, dass ich jetzt hier vor ihm stand, in diesem verwüsteten Zuhause. Schreien wollte ich und dachte, nein, du kannst deinen Sohn nicht anschreien. Nicht jetzt, nicht hier, nicht in diesem Zustand.

Dabei hätte es viele Gründe gegeben, Samuel anzubrüllen. Ihm sein Verhalten um die Ohren zu hauen. Ihm die Exzesse, die falschen Freunde, die Drogen und das Desinteresse an allem vorzuhalten, ihn bloßzustellen. Nur damit ich eine Reaktion bekam, damit ich ihn aus seiner Apathie riss, aus diesem unheimlichen Dämmerzustand, damit ich zu ihm durchdringen konnte. Er sollte wissen, dass sich sein Vater um ihn sorgte, dass ich für ihn sorgen würde, selbst wenn es bedeutete, ihn anzuschreien.

Aber es funktionierte nicht. Ich konnte nicht schreien. Nicht so. Ich trat zu Samuel, streckte ihm die Hand entgegen, die er wie in Trance ergriff. Ich zog ihn hoch, legte den Arm um seine Schultern, stützte ihn mit meiner Kraft. Schritt für Schritt kamen wir voran. Ich roch den Alkohol an ihm, den Gestank anderer Menschen, das Abgestandene ruheloser Nächte. Ich roch auch etwas von dem Apfelduft früherer Tage, etwas von damals, als ich ihn nach dem Baden abgetrocknet und ins Bett gebracht und ihm vorgelesen hatte und er mir kurz vor dem Einschlafen zutraulich um den Hals gefallen war. Doch dieser Apfelduft war kaum mehr wahrnehmbar.

Während Samuel schlief, beseitigte ich die gröbsten Schäden in der Wohnung. Füllte Müllsack um Müllsack, stellte notdürftig eine Ordnung her. Irgendwann war Nachmittag, und irgendwann stand Samuel im Raum, den mageren Körper gegen den Türrahmen gelehnt, die Haare verzottelt, der Blick verwischt.

»Hier«, sagte ich, »ich habe Tee gemacht.«

»Will nicht.«

Er schlurfte an mir vorbei und ließ sich auf die Couch fallen. Kein Wort verlor er über meine Aufräumarbeit, nahm wieder ganz selbstverständlich hin, dass andere etwas für ihn taten.

»Deine Mutter. Wir müssen ihr hiervon erzählen.«

Er rollte mit den Augen.

»Du brauchst gar nicht mit den Augen zu rollen. Du weißt genau, dass du Mist gebaut hast.«

»Oh. Ein Vater-Sohn-Gespräch. Wie aufregend.«

»Das hat nichts mit uns zu tun. Nur mit dir. Was du falsch gemacht hast.«

»Einmal im Jahr kommst du und glaubst dann, du hättest was zu sagen.«

»So kann es nicht weitergehen.«

»Wieso nicht? Ich folge nur deinem Ratschlag. Ich tue das Gegenteil von dem, was ich tun sollte.«

Er grinste mich an. Weil ihn das schon in der nächsten Sekunde langweilte, griff er zwischen die Polster der Couch und zog eine Bierflasche hervor.

»Nein«, sagte ich ruhig, »das ist nicht von mir, sondern von deiner Großmutter. Das hat sie mir gesagt, als ich jung war. Und sie hat es von deinem Großvater.«

Plötzlich war Samuel erstaunlich wach.

»Von Opa? Was hat er gesagt?«

»Das weißt du doch.«

»Dann erzähl's mir eben noch mal.«

Ich sah ihn an und wusste, dass er nach Antworten verlangte.

»Ich kenne auch nur das, was Oma erzählt hat. Ich habe Opa ja nie fragen können.«

Ich drehte mich weg und wischte demonstrativ einen Fleck von der Vitrine. Samuel wartete. Als er verstand, dass ich nicht weiter von meinem Vater berichten würde, verfiel er wieder in seinen üblichen asozialen Zustand.

»Ich zisch dann mal ab in die Stadt«, sagte er.

Er legte die Bierflasche auf den Boden und stieß sie mit dem Fuß weg. Dann verließ er das Zimmer. Draußen klappte die Wohnungstür.

Schreien, dachte ich, du hättest schreien sollen.

1956

Auf dünnen Ästen

Jeden Morgen nahm Mutter ihr wackliges Fahrrad und fuhr damit in die Fabrik. Erst am Abend kehrte sie zurück. Währenddessen sollte ich auf Frau Nollmann achtgeben. Doch meistens lag Frau Nollmann nur mit offenen Augen im Bett und starrte an die Decke. Dafür war meine Anwesenheit nicht notwendig. So hatte ich die Nachmittage für mich. Dann ging ich hinaus, zu den anderen.

Ich weiß nicht, ob die Kinder mich mochten. Ich habe mich niemals angestrengt, dazuzugehören, ja wahrscheinlich habe ich viel zu oft versucht, etwas anders zu tun als sie, nicht weil ich es gut fand, sondern weil ich mich so von ihnen unterscheiden konnte. Wenn sie den verrückten Kutti mit Kieselsteinchen bewarfen, stellte ich mich demonstrativ vor ihn. Wenn unsere Bälle Fensterscheiben zersplittern ließen und die Kinder blitzartig die Flucht ergriffen, war ich es, der blieb und dafür Ohrfeigen kassierte. Wenn wir in die Kirschen stiegen und sie auf halber Höhe stoppten, kletterte ich auf die dünnen Äste.

Ich kaute Sauerampfer, obwohl ich wusste, dass ich davon Durchfall bekommen würde. Ich sprang im kalten Herbst in den Fluss, schlug mich ohne jede Erfolgsaussicht mit denen aus den höheren Klassen, widersprach den Stärksten, verteidigte die Hinterhältigen, lobte die Dummen. Einmal lief ich in einem Kleid durch die Straßen, nur weil niemand sonst so etwas tat.

Doch der Spott machte mir nichts. Ich wollte für niemanden greifbar sein. Niemand sollte mich einordnen können. Ein brennendes Verlangen war in mir, mich von ihnen abzuheben, unter allen Umständen anders zu denken, zu fühlen, zu handeln. Wenn sie Licht waren, wollte ich Schatten sein.

Oktober 1959

Die Welt mit Huck

Erst der Schrecken. Dann die Neugier. Schließlich pure Euphorie. Es war, als hätte jemand einen Schleier von der Welt gezogen und die Sicht freigegeben auf die Menschen, so wie sie waren. Als besäße ich nun einen Röntgenblick, mit dem ich in ihr Innerstes schauen konnte.

Ich begann, ihre Besitztümer zu sammeln. Raffte wahllos zusammen, was mir unter die Finger kam. Nein, das klingt zu harmlos. Ich klaute ohne Hemmung und vergaß dabei jedes Maß. Stahl ständig und von vielen. Das war mehr als eine Sucht. Das war alles, was ich wollte.

Ich sehnte den Moment herbei, wenn ich Huck mit den persönlichen Gegenständen der Menschen in Berührung bringen konnte; einem Haar, einer Uhr, einer Brosche, was immer auch sich anbot. Den Moment, wenn ich meine Hand in den Rücken der Puppe schob. Der Schwindel, der mich erfasste. Wie sich der Boden unter mir verflüssigte, eine Gänsehaut jeden Zentimeter meines Körpers bedeckte. Wie ich Abstand erlangte zu den Dingen um mich herum, Abstand zu mir selbst. Mit Huck vergaß ich, wer ich war. Ich verwandelte mich in jemand anderen. Konnte es ein größeres Gefühl von Freiheit geben?

Wie ich mit schwerer Zunge sprach, mit hoher Stimme, tiefem Bass, hastig, gedehnt, Worte ausspuckte, säuselte, Sätze schnarrte. Stets waren es drei Sätze, niemals mehr, in einer endlosen Schleife wiederholt, die ich nur unterbrechen konnte, wenn ich die Hand aus Hucks Rücken zog. Dann fiel er, dann fiel ich zusammen, dann kehrte ich zurück zu dem, der ich war.

Drei Sätze. Wie hatte im Brief gestanden: Die wichtigsten Gedanken von allen können dein sein. Drei Sätze, die ausdrückten, woran die Menschen jederzeit denken, was sie umtreibt, anspornt, wovor sie sich fürchten, wonach ihnen verlangt. Ihr Kopf, nein, ihr Herz lag offen vor mir.

Ich erfuhr die Gedanken von Frau Kretschmar, Rektor Böhner, Schwarzkamp, Biggi aus der Parallelklasse, dem verrückte Kutti und Tito mit dem Feuermal. Ich wollte alles über jeden wissen. Keine Zugeständnisse mehr. Für mich sollte die Welt ein offenes Buch sein.

2. April 1974

Epikur und Hypatia

Wo ich war, war einmal das Wissen der Welt gewesen. Dann waren die Krieger und die Fanatiker gekommen und hatten alles vernichtet. Alexandria war das ewige Zeugnis einer Tragödie.

Heute gab es keine Bibliothek mehr. Vielleicht hatten Epikur und Hypatia viel weiter gedacht und viel mehr entdeckt, als das, was wir heute wussten. Vielleicht hatte das Feuer und die Zerstörungswut ihre wichtigsten Schriften vernichtet. Niemand konnte mit Sicherheit behaupten, dass wir heute klüger waren als vor zweitausend Jahren. Informationen waren für immer verloren.

Ich saß im Hafen, Alexandria im Rücken, schaute aufs Meer, sah, wie sich die Sonne auf dem Wasser reflektierte und wartete auf ein Schiff, das mich von Ägypten wegbringen würde. In meinem Koffer hatte ich drei Dinge: eine Krawatte, ein Einstecktuch und ein Feuerzeug.

Ich war ein Beschaffer von Wissen. Dazu stahl ich Gegenstände der Zielpersonen, zog mit Unterstützung von Huck daraus Informationen, fasste die Erkenntnisse in einem Dossier zusammen und ließ dieses meinen Kontaktpersonen – mal Smart, mal Clever – zukommen. Dafür reiste ich an Orte wie Hangzhou, Hammerfest, Portland oder gerade eben Alexandria.

Die letzten Tage hatte ich damit verbracht, einen unbekannten Naturwissenschaftler zu beobachten, der hier auf einer Tagung gesprochen hatte. Aus welchen Gründen sich Obsidian für ihn interessierte, war mir schleierhaft. Aber es gehörte nicht zu meinen Aufgaben, die Aufträge zu hinterfragen.

Die persönlichen Gegenstände hatte ich mit der üblichen Effizienz aus dem Hotelzimmer entwendet. Im Laufe der Jahre hatte ich meine Methoden verfeinert und konnte auch in kritischen Situationen auf eine Vielzahl von Handlungsalternativen zurückgreifen. Diesmal war die Aktion reibungslos verlaufen: Der Einbruch hatte nur wenige Minuten gedauert. Mit geübtem Blick hatte ich drei Objekte der Zielperson ausgemacht und eingesteckt. Unmittelbar danach hatte ich das Hotel verlassen und auf direktem Weg den Hafen aufgesucht.

Nun würde ich zurückfahren, zurück zu Huck, der sicher in meinem Haus versteckt war, und dort herausfinden, was diesen Dawkins beschäftigte. Ebenso wie ich es mit Greenspan, Baudrillard, Jobs, Deng und anderen getan hatte. Ich würde herausfinden, worin deren Persönlichkeit bestand, was sie für Ideen hatten und welche Pläne sie für die Zukunft hegten. Obsidian würde mit diesen Informationen schon irgendetwas anfangen können. Anders als die Bibliothek von Alexandria würde Obsidian Wissen für immer sichern können.

24. April 1986

Ein ewiges Glimmen

»Es gibt da etwas, das wird dein Bild von der Welt erschüttern.«

Wie aus dem Ei gepellt stand Tyron vor mir. Schwarzer Anzug, darüber ein heller Mantel, die Schuhe sorgsam gepflegt. Nur die gepunktete Fliege erregte meinen Argwohn.

»Dein Weltbild, Mann. Du hast nur eins. Verstehst du? Und das ist falsch.«

Tyron war leicht wahnsinnig. Aber auch hartnäckig. Dabei war ich gerade damit beschäftigt, in einem amerikanischen Diner Pancakes mit Speck in mich hineinzuschaufeln. Ich versuchte ihn zu ignorieren. Doch geduldig wartete er ab, bis mein Teller leer war. Er wartete ab, bis ich den Schokomuffin vertilgt hatte. Und er wartete ab, bis der Kaffee getrunken war.

»Dann können wir jetzt los«, stellte er klar und klatschte in die Hände.

Ich zögerte. Ein neues Weltbild. Angesichts der Tatsache, dass mein altes in Trümmern lag, durchaus eine vielversprechende Option. Ich klemmte einen Dollarschein unter die Kaffeetasse und stand auf, bereit, ihm zu folgen.

Tyron führte mich nur ein paar Straßen weiter, zu einer Feuerwehrstation, deren Tor weit offen stand.

»Hier«, sagte er und zeigte an die Decke.

Dort hing eine nackte Glühbirne, die in eine antik anmutende Fassung geschraubt war.

»Die brennt da seit fast neunzig Jahren.«

Ich sah genauer hin. Der gebogene Draht der Lampe ähnelte einem fliehenden Vogel.

»Unglaublich, was?«, verkündete Tyron zufrieden, »Diese Kohlenfadenlampe wurde 1901 eingeschaltet. Seitdem hält die Lampe durch. Ich wette, die brennt noch bis zum Jahr 2000.«

Er wurde ernst.

»Das ist der Beweis. Glühbirnen können ewig halten. Aber Phoebus will das nicht.«

»Phoebus?«

»Ja. Das Kartell der Glühbirnenhersteller. Die haben sich untereinander abgesprochen und bauen die Lampen so, dass die nach zwei Jahren durchbrennen. Ihr Deutschen gehört auch dazu. Osram. Keine Lampe darf länger als tausend Stunden halten. Die Obsoleszenz. Schon mal davon gehört?«

Ich schüttelte den Kopf.

»Konsumgüter werden absichtlich so konstruiert, dass sie nach einer bestimmten Zeit kaputtgehen. Autos, Kühlschränke, Fernseher – alles, was du so findest. Damit nachgekauft wird. Und die Lebensdauer wird immer kürzer.«

»Was hat das denn mit der Glühbirne hier zu tun?«

»Alles. Denn die zeigt, was möglich wäre. Aber Phoebus sorgt dafür, dass die Welt so bleibt, wie sie ist. Die haben überall ihre Finger drin. Genauso wie Obsidian.«

Plötzlich wurde ich hellhörig.

»Was hast du gesagt?«

Hinter uns polterte es. Zwei Feuerwehrmänner kamen mit schnellen Schritten auf uns zu.

»Ey Tyron«, riefen sie, »du hast hier Hausverbot. Verschwinde. Und nimm deinen irren Freund mit.«

»Ihr seid irre, weil ihr die Welt nicht so sehen wollt, wie sie wirklich ist.«

»Hau einfach ab.«

Sie musterten mich eindringlich, wollten so feststellen, in welcher Beziehung ich zu Tyron stand. Weil ich kein Interesse an tief gehenden Fragen hatte, verließ ich die Wache. Viel wichtiger war es, Tyron über Obsidian auszufragen. Als ich mich umdrehte, war er gegangen. Ich suchte, bis es dunkel wurde und setzte mich eine Woche lang jeden Tag ins Diner, aber Tyron tauchte nicht mehr auf.

21. März 2003

Die Box

Gerade als die westliche Welt in den Irak einfiel, klingelte es. Mein erster Gedanke galt Magda. Vielleicht war sie zurückgekehrt, um noch ein Stück ihres selbst gebackenen Apfelkuchens zu bringen, vielleicht hatte sie vor, auch den Rest des Abends bei mir zu bleiben, vielleicht mehr. Nur besaß sie längst einen Zweitschlüssel. Weshalb also sollte sie überhaupt klingeln?

Nach zwanzig Uhr hatte ich es nicht weiter eilig, an die Tür zu kommen. Üblicherweise war ich froh, den Tag bis hierhin geschafft zu haben. Eine angenehme Erschöpfung erfasste mich dann, und ich verbrachte die Stunden bis zum Schlaf vor dem Fernsehgerät.

So versuchte ich, das Klingeln zu ignorieren und mich stattdessen auf den Krieg zu konzentrieren. Was geschah, war bemerkenswert. Grüne Lichter zuckten über Städten, Staubwolken verhüllten den Himmel, entschlossene Soldaten in sandfarbenen Uniformen kletterten aus Panzern, richteten Raketenwerfer gegen unsichtbare Feinde. In allen Einzelheiten wurde ich informiert.

Der Klingelnde blieb beharrlich. Ein kurzer Ton nur, der sich in mein Ohr bohrte. Ein Besuch um diese Zeit konnte nur Umstände bedeuten. Doch je mehr ich mich anstrengte, das Geräusch auszublenden, desto lauter hörte ich es. Schließlich erhob ich mich schwerfällig von der Couch und ging zur Haustür.

Windstill war die Nacht, kalt und ohne Menschen. Hinter den Vorhängen brannten keine Lichter. Hier war nur ich. Und vor der Treppe eine Box. Der Absender fehlte, der Empfänger musste wohl ich sein. Ich nahm

die Box und trug sie in die Küche. Mit dem schärfsten Messer durchtrennte ich den dicken Strick. Nun öffnete sich die Verpackung wie von selbst. Ich fand ein Foto, auf dem die Gesichter mir unbekannter Menschen fett durchgestrichen waren. Und – in grobem Packpapier eingeschlagen – den Körper einer Holzpuppe.

Ich erkannte sie sofort: Huck. Mir war, als sei kein Jahr vergangen. Zuerst diese Freude. Bilder erschienen, Stimmen sprachen in mir, Menschen tauchten auf, ihre Gedanken summten miteinander. Meine Vergangenheit rollte sich wie ein Teppich vor mir aus.

Dann die Fragen. Die Angst. Die Wut. Vor allem die Wut. Die anderen Erinnerungen verschwanden. Nur der Moment, in dem ich Huck verloren hatte, griff hässlich nach mir. Fragte mich: Wie konntest du nur annehmen, ich würde dich jemals gehen lassen? Ich sah auf den Torso, die eine Hälfte von Huck. Warum ausgerechnet jetzt? Und warum nur den nutzlosen Torso, ein halbes Glück?

Ich rannte hinaus in die Nacht, die Straßen entlang, brüllte Hucks Namen, auch auf die Gefahr hin, mich lächerlich zu machen. Was ich wollte, waren Antworten. Endlich wollte ich wissen, wie alles zusammenhing, damals wie heute. Ich spürte, wie sich ein altbekanntes Gefühl breitmachte, eines, das alles andere verdrängen würde, eines, das sich zurückholen würde, was ich hinter mir gelassen hatte.

1953
Verborgene Stadt

Jeden Samstagmorgen um halb zehn traten die Menschen der Stadt vor die Türen ihrer Häuser und begannen zu fegen. Sie schauten nach links und nach rechts und vergewisserten sich, dass die Nachbarn es ihnen gleichtaten. Wenn dem so war, setzten sie ein gemütliches Lächeln auf.

Wenn dem so war, wenn man sich von den schlimmen Orten fernhielt – den Gassen am Fluss, dem Klub Wilde Rose, der Dreieckssiedlung –, wenn man die nirgends niedergeschriebenen Regeln penibel befolgte, wenn die Gerüchte, hinter vorgehaltener Hand leise geflüstert, ein günstiges Licht warfen, wenn man dem Bild, das andere von einem hatten, entsprach, dann hatte keiner der Einwohner etwas zu befürchten.

Von all dem bekam ich kaum etwas mit. Ich erkannte die Stadt anhand ihrer Gerüche: das herbe Malz der Brauerei, das Schmierfett der Werkstätten, der Duft frischen Brotes beim Bäcker, den Pferdemist, die vollen Wagen der Bauern im Herbst, das Streuobst in den Wiesen, dort, wo sich die Straßen zu Pfaden wandelten.

Ich wusste nichts von der Bedeutung des Wortes »Bastard«. Später, als ich verstand, später, als ich die Gedanken von Rektor Böhner in mein Buch gekritzelt hatte, später, als mir klar wurde, was er mit »Vaterland« und »nichtarisch« meinte, später erst, als sie Mutter auch nach all den Jahren nicht verziehen, dass es mich gab, wurde mir die Stadt allmählich unheimlich.

Aber solange ich sie nicht verstand, solange ich nichts von ihrer verborgenen Seite ahnte, fürchtete ich die Stadt auch nicht.

4. Juli 1965

Abschied und Aufbruch

Wir hatten uns aus dem Saal geschlichen, Magda, Rottmann und ich. Auch Tito mit dem Feuermal war dabei. Wir liefen durch die Stadt, bis wir die Stadt verlassen hatten, bis wir draußen am Panzerteich waren. Dort warfen wir uns ins Gras. Rottmann hatte einige gute Flaschen mitgehen lassen, denen wir uns nun zügig annahmen. Dabei starrten wir in den Himmel, dachten an die letzten Jahre, an die steifen Reden, die scheinheiligen Ratschläge, die vergifteten Glückwünsche zum erfolgreichen Schulabschluss.

Wie erwartet hatte Magda die besten Noten erhalten. Dahinter kam Rottmann, ich lag irgendwo in der Mitte, Tito hatte es nur eben so geschafft. Aber Zahlen bedeuteten uns gerade nichts. Was zählte, war dieser Moment, hier, mit uns, während sich der Mond auf dem Wasser spiegelte.

Ich dachte an Frau Milde. Nach der Festveranstaltung in der Aula hatte sie uns allen die Hand gereicht und uns nachdrücklich angeschaut, als erwarte sie etwas von jedem Einzelnen. Später, beim lockeren Teil des Abends, hatte sie still und traurig neben ihrem Mann gesessen, der mit weit ausholenden Gesten vom Krieg erzählte, von Flugstaffeln, von Kälte, von Uniformen.

Ich dachte an Magda. Sie würde weggehen und Literatur studieren. Auch Rottmann hatte sich an der Uni eingeschrieben. Und was Tito wollte, wusste er vermutlich nicht mal selbst.

Tito war schnell betrunken. Er begann zu singen, Lieder in einer fremden Sprache, mit sehnsuchtsvollen Melodien. Rottmann schleuderte eine leere Flasche ins

Wasser, wo sie lautlos versank. Magda, deren Gesicht vom Alkohol, von dieser Nacht, von der Aussicht auf die unbekannte Zukunft gerötet war, kam zu mir, kicherte und legte ihren Kopf auf meine Brust.

»Und du«, fragte sie, »was wirst du tun?«

»Erstmal nichts«, sagte ich, »und dann alles. Irgendwann werde ich losfahren und irgendwo ankommen.«

»Das ist doch kein Plan.«

»Doch. Vielleicht sogar der beste, den ich jemals hatte.«

»Ich habe gehört, du gehst zu Wachsmuth in die Lehre«, mischte sich Rottmann ein.

Auf einem Schlag war die wunderbar nebulöse Stimmung zerstört.

»Unsinn. Ich haue ab, sobald ich kann. So weit wie möglich weg.«

»Ganz sicher machst du das.«

»Und ob.«

»Dann wird's wohl so sein.«

Rottmann grinste mich an, als würde er mir glauben.

»Ein Großmaul bist du, Henry. Und ein Feigling noch dazu.«

Vielleicht sprach der Alkohol aus ihm, vielleicht wollte er mir etwas sagen, was er mir schon längst hatte sagen wollen.

»Und du bist besoffen, Rottmann.«

»Das sind wir doch alle. Aber morgen, nach dem Kater, gehen wir fort, und du versauerst beim Tischler.«

Rottmann lachte und warf sich auf Tito. Beide gingen zu Boden und blieben dort singend liegen. Magda hatte geschwiegen. Ich hätte ihr erklären können: Wie Wachsmuth uns seit einiger Zeit im gelben Haus besuchte. Wie sich meine Mutter in seiner Gegenwart verhielt. Wie er über Nacht blieb. Wie er niemanden hatte, der seine Tischlerei einmal übernehmen würde. Wie meine Mutter mich gebeten hatte, es bei ihm zu versuchen, zwei Jahre nur, schauen, ob mir die Arbeit mit dem Holz gefiele, das Leben würde dennoch auf mich warten, sollte ich nicht bleiben wollen.

Süß und schwer roch ich Magda, dachte, dass nichts im Leben warten würde, dass es jeden Moment nur einmal gäbe – und jede Entscheidung ebenso –, und dass, wenn ich bliebe oder zu weit fortginge, sich verlieren würde, was jetzt war.

18. Februar 1971

Hochzeit

Ich weiß nicht, ob man Menschen ihre Bösartigkeit ansehen kann. Vermutlich nicht. Vermutlich ist es unangemessen, anhand des Äußeren innere Abgründe zu vermuten. Aber diese Augen! Diese kalten, toten Reptilienaugen!

Ich kannte Brandtmeier kaum, wusste so gut wie nichts über sein Leben, sein Wesen, seine Art, sich anderen gegenüber zu verhalten. Fast alle meine Mutmaßungen beruhten auf oberflächlichen Beobachtungen; wie nachlässig er sich für einen Anlass wie diesen gekleidet hatte, wie seine Stimme klang, wie er sich verhielt.

Sein Gang war einem Schlängeln ähnlich. Wieder und wieder zuckte sein Kopf zu den Bankreihen hin, registrierte die Anwesenden leidenschaftslos. Magda lief einige Meter hinter ihm, die Augen starr auf den Boden gerichtet, in den Händen ein Strauß halb verwelkter Blumen. Ihre Schritte hallten in der Kirche nach, jeder Schritt wie ein Ausrufezeichen an mich, der sich im Halbdunkel der hinteren Plätze versteckt hielt.

Am Altar angekommen, packte Brandtmeier Magda und drückte sie neben sich nieder. Der Pfarrer wartete ab, bis Brandtmeier ihm ein Zeichen gab. Dann sagte er knappe Worte, die klangen, als würden beide einen Vertrag eingehen, aber kein Lebensglück besiegeln. Selbst von so weit hinten konnte ich Brandtmeiers Grinsen erkennen, als er den Pfarrer zur Eile antrieb, gerade so, als fürchtete er, Magda könnte im letzten Moment ihre Entscheidung widerrufen wollen.

Doch, sie sagte Ja. Doch, sie küsste ihn. Doch, sie schlang die Arme um ihn. Brandtmeier stieß sie grob beiseite, drehte sich um, und es war, als würde er durch all die Menschen hindurch mich im Dämmerlicht aufspüren und mir einen Blick voller Triumph und Abscheu zuwerfen. Magda stand daneben und ließ es geschehen. Ich ließ es geschehen.

23. September 1977

Kirsten

Jede Liebesgeschichte ist einzigartig. Zumindest zu Beginn. Auch Kirsten war einzigartig. Zumindest zu Beginn.

Sie legte eine Strumpfhose an. Vorsichtig, doch mit großer Geschicklichkeit raffte sie den dünnen Stoff hoch, setzte am linken Fuß an, die Naht knapp unterhalb der Zehen, schob das Nylon über den Knöchel. Dann verschob sie den Torso leicht, nahm das zweite Bein in die Hand, raffte die Strumpfhose auch hier mit gleichmäßigen Bewegungen über Fuß und Knöchel und erreichte schließlich das Knie. Sanft zupfte sie die Beinteile bis zum Schrittbereich und richtete den Zwickel mittig aus. Das Höschenteil zog sie über den Bauch und schlug es um. Zufrieden stand sie nun auf, betrachtete ihr Werk und nahm einen kurzen, karierten Rock zur Hand, um die Schaufensterpuppe auch damit auszustaffieren.

Ich versuchte, mein Interesse nicht allzu offensichtlich zu zeigen. Hielt mich mehrere Meter vom Schaufenster entfernt, ließ Passanten vorbeiflanieren, versteckte mich hinter ihnen. Dennoch fing Kirsten meinen Blick. Anstatt sich pikiert abzuwenden, huschte der Anflug eines Lächelns über ihr spitzes Gesicht. Ich deutete dieses Lächeln als Aufforderung. Offensichtlich hielt sie mich nicht für einen Psychopathen mit einer Obsession für Schaufensterpuppen.

Um ihre Geduld nicht überzustrapazieren, entfernte ich mich vorerst von der Boutique. Ein, zwei Stunden irrte ich durch das Städtchen, trank grünen Tee in einem Café, besuchte eine Kirche, stöberte in einem Antiquariat. Doch konzentrieren konnte ich mich kaum. Immer wieder wanderten meine Gedanken zu der Frau im Schaufenster.

Als mir genügend Zeit vergangen zu sein schien, kehrte ich zur Boutique zurück. Einen Plan hatte ich nicht, war aber zuversichtlich, dass mir in dem Moment, in dem ich sie sah, die passenden Worte einfallen würden. Kaum hatte ich das Bekleidungsgeschäft betreten, fing mich eine ältere Verkäuferin ab und fragte nach meinen Wünschen. Kirsten stand vor einem Regal und legte Kaschmirpullover zusammen.

Also zeigte ich auf sie, sagte, ich hätte gern ein Tuch für den Hals, ebenso gelb gepunktet, wie sie eins trug, meine Mutter würde bald Geburtstag feiern. Die ältere Verkäuferin ging zu ihr – und noch bevor sie etwas sagen konnte, meinte Kirsten: »Ich übernehme das.«

Mehr bedurfte es nicht, um zueinanderzufinden. Kirsten durchschaute meine Notlüge sofort, machte das Spiel aber mit, wusste, um was es hier wirklich ging. Am Ende kaufte ich einen Hut, am Ende trafen wir uns zu einem Essen, wir tranken Wein und lachten viel, erst am Abend, später in der Nacht, am Ende war es ein einzigartiger Beginn unserer alles andere als einzigartigen Liebesgeschichte.

13. April 1992

Helen

Ich schlief, und dann schlief ich nicht mehr. Ein Zittern weckte mich, ein Grollen. Der Schrank wackelte, an der Decke geriet die Lampe in Bewegung. Es schien, als würde der Boden kippen.

Ohne weiter darüber nachzudenken, sprang ich aus dem Bett. Aus meiner Zeit in Tokio wusste ich instinktiv, was Sache war. Die Zeichen deuteten auf ein Erdbeben hin. Aber ein Erdbeben, hier in Gladbach?

Ich lief aus dem Zimmer. Im Flur der Pension stand eine Frau, etwa in meinem Alter, schlaftrunken und verwirrt.

»Das ist ein Erdbeben«, rief ich, »wir müssen sofort raus!«

Verblüfft sah sie mich an, ließ aber widerstandslos geschehen, dass ich ihre Hand packte und sie mit mir zerrte. Gemeinsam rannten wir die Treppe hinab und stürmten auf die Straße.

Dort war das Zittern verschwunden.

Wir lösten unsere Hände. Jetzt kam ich zum ersten Mal dazu, im Schein des Laternenlichts die Frau im dünnen Nachthemd zu betrachten. Sie strahlte mich an, mit ernsthaften, weichen Augen.

»Sie haben mein Leben gerettet«, sagte sie.

Das war natürlich Unsinn. Vermutlich hatte nie Gefahr bestanden. Dennoch fand ich den Gedanken angenehm, als Lebensretter bezeichnet zu werden.

»Ich bin übrigens Henry.«

»Und ich«, sagte sie und nahm meine Hand ein zweites Mal, »ich bin Helen. Es freut mich sehr, Sie kennenzulernen.«

15. August 2001

Keinen Winter mehr

Der Wind hatte eine Amsel ins Zimmer geweht. Sie landete, still und unbewegt saß sie nun auf der Fensterbank, war einfach nur da, unverhofft und wunderschön.

Helen schlief, unruhig, von Krämpfen geschüttelt, kein bisschen friedlich. Aber sie schlief. Ich war an ihrem Bett, überwachte die Apparaturen, die Zahlen und grüne Kurven auf einem Bildschirm ausgaben und damit nur das Unvermeidliche bestätigten.

»Kein Winter mehr für mich.«

Helens Stimme war fest gewesen, ohne Zittern war ihr über die Lippen gegangen, was sie und ich längst sicher wussten, was wir beide bis zu diesem Zeitpunkt nicht ausgesprochen hatten. Diese Wut, die ich in diesem Moment auf alle empfand, die Helen überleben würden, und sei es nur um einen Tag.

Eigentlich hatten wir einen anderen Plan gehabt. Eigentlich wollten wir alt werden, in Liebe zusammen sein bis zu den letzten Tagen. Wir hätten nie gedacht, dass diese Tage so bald kommen würden.

Auf dem Tisch neben ihrem Bett stand ein Strauß Lilien, frisch und blühend. Magda hatte sie am Morgen in dieses große freudlose Haus am Rande der Stadt gebracht, hatte mit Helen geredet, wir hatten eine Partie Rommé begonnen und abgebrochen, weil Helen sich zu schwach dafür fühlte.

Die Amsel saß noch immer dort. Hier konnte sie nicht bleiben. Ich nahm eine der schweren Decken aus dem Stapel und warf sie über die Amsel.

Ich hielt die Decke mit dem Vogel in den Händen und betrat den Flur, lief den langen Korridor entlang, der mit bunten Kinderzeichnungen tapeziert war. Ich ging in den Garten, hin zu den Rhododendronbüschen und setzte die Decke vorsichtig ab, schlug sie zurück, wollte die Amsel freigeben. Doch da war keine Amsel. Sie war verschwunden, als hätte es sie nie gegeben.

5. November 1979

Tanzen in Peru

Ich wollte tanzen. Durfte ich so fühlen? War es mir erlaubt zu tanzen, nachdem ich dem Tod nur eben so entkommen war?

Doch, ja, tanzen. Ich wollte tanzen. Ich wollte den Arm um Dr. Santillan legen und tanzen, ohne ein Gespür für die richtigen Schritte, wollte nicht achtgeben auf die korrekte Körperhaltung. Ich wollte einfach nur tanzen, ein, zwei Stunden lang, bis ich vollkommen ausgelaugt wäre.

Natürlich war das augenblicklich unmöglich. Ich war ans Bett gefesselt, fühlte mich viel zu schwach, um überhaupt nur den Finger zu heben, schwächer noch als damals in Zaire. Keine Minute hätte ich stehend verbringen können – aber es ging ums Prinzip. Es ging darum zu leben. Und laut dem, was Dr. Santillan gesagt hatte, bestand Grund zur Annahme, dass ich vorerst überleben würde.

Ein Schnitt in die Fingerkuppe, kein Jod zur Hand, danach mit der Hand in irgendwelchen Keimherden – Keimherde gab es überall, vor allem in Lima. Die Menschen hier waren nett, aber ihre Stadt alles andere als steril. Erst war mir heiß geworden, später hatte ich mich erbrochen, hatten mich Krämpfe geschüttelt – ich hatte gefühlt, wie mich die Kraft verließ. Irgendwie hatte ich mich in das Krankenhaus geschleppt, obwohl ich Krankenhäusern misstraute. Doch ich war durch eine glückliche Fügung an Dr. Santillan geraten. Sie hatte mein Leben gerettet.

Wie immer in den letzten Wochen hatte sie ihr zerfleddertes Wörterbuch dabei. Um jede Vokabel hatte sie gekämpft. Doch dieser Kampf hatte sich gelohnt. Nur so hatte Dr. Santillan mir in ihrem brüchigen Englisch begreiflich machen können, wie ernst es um mich stand. Weil ihr Englisch keinen Raum ließ für subtile Anspielungen, hatte sie ihre Aussagen unerbittlich getroffen, ohne jede falsch verstandene Rücksichtnahme. Ja, die Wunde hatte sich infiziert. Ja, es war zu einer Blutvergiftung gekommen. Ja, Dr. Santillan tat, was sie konnte. Ja, sie war am Ende ihrer Möglichkeiten angelangt. Dann war ich ins Koma gefallen.

Jetzt saß sie am Bett und erklärte, wie der weitere Verlauf meiner Genesung aussehen würde. Sie fragte mich – wie bei jeder ihrer Visiten –, ob es jemanden geben würde, der von meinem Zustand erfahren sollte. Wir beide wussten, dass eine Nachricht aus Peru Deutschland erst in Wochen erreichen würde. Ich hatte ihr Namen genannt – meine Mutter natürlich, Kirsten und schließlich auch Magda, selbst wenn ich ihre Adresse nicht wusste. Dr. Santillan hatte sich davon nicht beeindrucken lassen und auf den Umschlag nur Magdas Namen, den Namen ihres Bruders und die Stadt unserer Kindheit geschrieben.

In den Briefen hatte ich in knappen Worten meine Lage geschildert, dabei den Ernst der Lage verharmlost. Zu einem Testament, für eine grundsätzliche Abrechnung mit meinem Leben, hatte ich mich außerstande gesehen. Allein Samuels Brief hatte drei Seiten umfasst. Eines Tages würde er ihn lesen können.

Dr. Santillan gab mir eine Spritze und befahl, alle schlechten Gedanken zu verscheuchen und tief zu schlafen. Meistens war sie streng zu mir. Das schätzte ich. Deshalb versprach ich ihr einen Tanz für den Moment, in dem ich wieder würde tanzen können. Erstaunlicherweise nahm sie mein Angebot an, sagte, dass Tanzen eine angemessene Reaktion wäre, um das Überleben zu feiern.

27. April 1954
Schützenfest

Meine Mutter tanzte mit mir. Wie wunderbar das war. Wie wunderbar sie mich schleuderte. Wie wir uns drehten, ständig im Kreis, ständig in Bewegung. Ihr Gesicht so gerötet, zeigte sie doch keinerlei Anzeichen von Erschöpfung. Sie fasste mich bei den Händen, zog mich, stieß mich, wirbelte mich. Manchmal hielt sie für einen Moment inne, um mir eine Schrittfolge zu zeigen; einmal vor, zweimal zurück, dann links, wieder vor und zurück. Sie lachte, wenn ich Links und Rechts durcheinanderbrachte, rief mir ins Ohr, dass es kein Vertanzen gäbe, beim Tanzen könne man nichts falsch machen, außer, man tanze nicht mit allem, was man habe.

Also tanzte ich mit allem, was ich hatte: Arme, Beine, Hüfte, Schultern, Kopf und Haare. Ich schüttelte und wackelte, hüpfte und hopste. Je mehr ich gab, desto besser gefiel das meiner Mutter. Und sie legte sich extra ins Zeug, gab – so sah es für mich jedenfalls aus – das Doppelte, was ihr zur Verfügung stand. Machte die Kapelle eine Pause, nahm meine Mutter mich in den Arm und drückte mir einen heißen, feuchten Kuss auf die Stirn. Setzte die Musik wieder ein, begann das Wunderbare von vorn. Ich glaube, wir erfanden an diesem Tag mindestens zehn neue Tänze.

Man muss sich die Szenerie dazu vorstellen: im Zelt auf der Abschlussfeier des Schützenfests. Schon vor Tagen hatten die Mitglieder des Vereins im Ort Spenden gesammelt – Eier, Speck und die Wurst frisch geschlachteter Tiere. Nur wer nichts davon besaß, bezahlte mit Geld. An diesem Vormittag war der Spielmannszug durch die Straßen marschiert, die Fahnenträger vorneweg und dahinter die Jäger. Beim Wettkampf hatte Schwarzkamps Vater den Vogel abgeschossen und wurde damit zum diesjährigen Schützenkönig gekürt. Gefeiert wurde danach im Festzelt vor dem Vereinshaus.

Im vorderen Teil des Festzelts standen Tische und Stühle, an denen die Gäste saßen und aßen; meist tranken sie. Sie alle schauten auf die Tanzfläche. Auf der Bühne spielte die Kapelle mit Posaunen, Trompeten und Hörnern. Titos älterer Bruder war kurzfristig für den Schlagzeuger eingesprungen und trommelte durch die Lieder bestimmt dreimal so schnell wie vorgesehen. Das kam meiner Mutter und mir natürlich entgegen. Die anderen Tanzenden dagegen ignorierten die Raserei. Eheleute bewegten sich im ewig gleichen Rhythmus, drehten einander vorsichtig wie Porzellanfiguren.

Als die Kapelle eine längere Trinkpause einlegte, verließen meine Mutter und ich den Tanzboden. Wir wollten an der Theke Brause und Bier holen. Und wie wir gerade auf dem Weg dahin waren, zischte es neben uns: »Eine Hure bist's, eine dreckige.«

Das war nicht irgendein Tisch; der Bürgermeister saß hier und der Polizeiobermeister und Rektor Böhner und der Amtsrat und noch andere. Die Würdenträger der Stadt, alle mit ihren Frauen. Ich hatte das Zischen gehört, meine Mutter hatte es gehört und sicher auch die Würdenträger der Stadt. Aber das war kein Tisch, an dem man so ohne Weiteres stehen blieb. Besser man tat, als hätte man das Zischen überhört.

Meine Mutter jedoch blieb stehen. Kurz überlegte sie, bevor sie der Frau des Amtsrats ebenso freundlich wie nachdrücklich entgegnete: »Was haben Sie gesagt?«

Die Amtsrätin reagierte nicht. Sie gab vor, sie hätte meine Mutter nicht verstanden. Also wiederholte meine Mutter ihre Worte, noch lauter diesmal, noch nachdrücklicher. Da die Kapelle nicht spielte und jeder den Tisch der Würdenträger ohnehin stets im Blick hatte, war das gesamte Festzelt hellhörig geworden.

Da musste die Amtsrätin etwas tun. Also hob sie den Kopf, drehte ihn zur Seite und schaute auf mich. Die meisten Menschen betrachten Kinder ja auf eine bestimmte sonnige Art. Die Art der Amtsrätin jedoch war eine andere. Und wie ausdauernd sie mich anschaute, die Frau des Amtsrats. So lange, das konnte nichts Gutes bedeuten. Meine Mutter trat einen Schritt zur Seite und damit vor mich. Deshalb musste die Amtsrätin wieder zu meiner Mutter blicken. Da war etwas in beider Augen, das ließ es mir kalt über den Rücken laufen.

Ein dritter Blick kam hinzu, der des Amtsrats. Erst versäumte er keine Regung meiner Mutter, der, so schien es, diese Art von Aufmerksamkeit nicht fremd war. Dann, wie die Sekunden wuchsen, wechselte der Amtsrat hin zu seiner Frau. Als seine Frau nicht reagierte, fasste er ihre Hand und drückte sie, sehr fest, schließlich senkte sie ihren Blick und drehte sich, noch immer schweigend, um, nicht ohne die Hand ihres Mannes unwirsch abzuschütteln. Der Amtsrat tat es ihr gleich, deutete dabei ein kaum wahrnehmbares Nicken an, möglicherweise in Richtung meiner Mutter.

Noch immer war es für ein Schützenfest erstaunlich still im Festzelt. Die Gespräche setzten erst wieder ein, nachdem meine Mutter mich auf ihre Arme genommen hatte, etwas, das sie seit bestimmt schon zwei Jahren nicht mehr getan hatte, und mich aus dem Festzelt trug.

Später am Abend wollte ich wissen, was die Frau des Amtsrat gemeint hatte. Meine Mutter erklärte es mir nicht. Stattdessen sagte sie:

»Dein Vater hat gesagt: ›Das Meiste, was dir passiert, ist sowieso Zufall. Der kleine Rest aber, auf den kommt es an. Dann musst du tun, was niemand erwartet. Ansonsten haben sie dich. Und wenn sie dich einmal haben, werden sie Macht über dich besitzen. Und diese Macht werden sie gegen dich einsetzen. Deshalb entscheide dich immer für das Gegenteil.‹«

15. September 1992

Tapetenschichten

Sie hatten Schimmel entdeckt. Nun musste das Wohnzimmer von den Keimen gereinigt werden. Meine Mutter hatte mich angerufen, und ich war zurück in die Stadt gefahren, in der ich so viele Jahre verbracht hatte.

Meine Mutter freute sich, mich zu sehen. Sie hielt meine Hand, während wir im Zimmer standen und uns umsahen. Jedes Detail hatte sich mir eingeprägt: die aufgereihten Matroschkas in der Vitrine, der Samowar auf dem Regal, die Totenmaske der Maya, die Frau Milde aus Mexiko geschickt hatte, der Leuchtturm, ein Überbleibsel von Frau Nollmanns Leuchtturmsammlung, die Glasperlen aus dem Italienurlaub, der einzigen Reise, die meine Mutter und ich gemeinsam gemacht hatten. Auf der Innenseite der Schrankwandtür war mit Klebestreifen ein Foto von Walter befestigt. Es zeigte ihn als jungen Mann mit Schiebermütze, kurz bevor er nach Russland gegangen war.

All diese Dinge hatte ich tausend Mal an diesen Plätzen gesehen, sie hatten in all der Zeit nie ihre Position verändert. Das Wohnzimmer war das Museum meiner Kindheit, der einzige Ort, an dem alles so blieb wie einst.

»Das ist ganz gut so«, sagte meine Mutter, »endlich kommt mal Luft hier rein. Der ganze Krempel muss jetzt weg.«

Sie zeigte auf die Matroschkas, den Samowar, die Maske.

»Diese Staubfänger brauch ich nicht mehr.«

Meine Mutter nahm einen Karton zur Hand und begann, Zinnteller aus der Anbauwand zu räumen. Ich fühlte einen Stich. Ich wollte, dass alles seinen Platz behielt. Wenigstens etwas sollte sich nicht ändern, wenigstens diesen einen Ort sollte es geben, an dem die Vergangenheit Bestand hatte, und sei es nur, um mich zu erinnern, wie viel seitdem geschehen war.

»Warum bist du geblieben?«

»Wo?«

»Hier. In der Stadt. Bei den Menschen. Sie haben es dir schwer gemacht.«

»Natürlich haben sie das. Aber so sind sie nun mal. Es hat mich nie gestört.«

»Sie haben hinter deinem Rücken geredet, manche offen. Die Namen, die sie dir gegeben haben. Sie haben dich schlecht behandelt.«

»Ja. Einige. Weil sie nicht anders konnten. Aber es gibt so vieles, von dem du nicht weißt.«

Meine Mutter stellte den Karton beiseite und erzählte mir von den Menschen der Stadt. Sie erzählte von den geheimen Geschichten, die sie ihr anvertraut hatten, den Unglücken, dem Begehren, dem Zorn, der Ohnmacht. Sie erzählte, wie sie Briefe für sie aufgesetzt, wie sie ihnen zugeraten, ihnen Mut gemacht, ihnen geholfen hatte.

»Durchhalten, verstehst du? Das ist wichtig. Sie haben jemanden wie mich gebraucht. Jemanden, der nicht dazugehört. Jemanden, der kein Urteil über sie fällt, jemanden, bei dem ihre Geheimnisse sicher aufbewahrt waren. Es war wichtig, dass ich geblieben bin.«

In den nächsten Tagen räumten wir das Zimmer aus. Wir kratzten die Tapete ab, und unter jeder Schicht kam ein neues Muster zum Vorschein, das verloren geglaubte Erinnerungen wiedererweckte. Meine Mutter erzählte von der Zeit, als sie jung gewesen war.

»Ich war glücklich. Du warst Teil dieses Glücks.«

Bevor ich ging, gab sie mir eine Zigarrenkiste voller Fotos.

»Ich habe sie zu oft gesehen. Ich erinnere mich auch so. Du brauchst sie weitaus dringender.«

Ich nahm die Fotos und habe sie bis heute.

31. Oktober 2012

Meine Welt, so klein sie auch ist

Meine Welt war einhundertvierzig Quadratmeter klein, rechnete ich den Keller hinzu, einhundertsiebzig. Das war die Welt, die ich anfassen konnte, fühlen, schmecken und riechen. Und dann gab es noch eine andere Welt, unendlich größer, unendlich mehr, als ich jemals verstehen würde, eine Welt, jederzeit in meiner Reichweite. Draußen peitschte ein Sturm das Wasser auf und fegte über ein Land, und es war, als wäre der Sturm vor meiner Tür.

Seit mehreren Jahren hatte ich das Haus nicht mehr verlassen. Einmal in der Woche schrieb ich eine Einkaufsliste, die von Frau Weiß gegenüber geholt und abgearbeitet wurde. Die gefüllten Papiertüten stellte sie in die Küche und ging, ohne ein Wort zu sagen, nahm den Umschlag, der für sie bereitlag.

Ich war dankbar dafür, dass sie unsere Vereinbarung nicht hinterfragte. Ich war froh, an diesem Ort zu sein, in dieser Stille, in dieser Leere, in der ich mich niemandem mehr verantworten musste.

Ich vermisste kaum etwas. Es gibt sowieso viel zu viel zu entdecken. Ich wurde überschüttet mit Informationen, mit Bildern, mit Geräuschen. Die Geräte waren mein Kontakt. So wohnte ich allem bei, was geschah, jederzeit, überall.

Im Japanischen existiert ein Begriff: Hikikomori. Damit sind junge Menschen, meist Männer gemeint, die ihre Zimmer nicht verlassen, die sich einschließen, aus Scham, aus Angst, aus Unvermögen. Manchmal gibt es keine Gründe. Manchmal reicht einem die Welt, so klein sie auch ist, ist sie schon viel zu groß.

Ab und an schaute Magda vorbei, vermutlich aus schlechtem Gewissen, tat Buße, indem sie mich besuchte. Ich hörte ihre Schritte im Flur, bemerkte, wie sie vor der Tür zu meinem Zimmer stand, wie sie lauschte, den Atem anhielt, versuchte, ein Zeichen von mir zu erhalten. Um sie zu beruhigen, schrieb ich und hinterlegte die Worte für sie im Flur. Sie sollte sich nicht um mich sorgen, sie sorgte sich dennoch, und wenn ich ehrlich bin, war das eines der wenigen Dinge, die mich durchhalten ließen.

Ich wusste nicht, was sie davon hielt, dass ich auch von ihr erzählte. Vielleicht störte es sie nicht, weil ich sie nie verstanden habe, weil das, was ich von ihr schrieb, nicht mehr als eine Ahnung war und ihrem Wesen nicht im Entferntesten nahekam. Wenn sie hinter der Tür stand, ging ich zur Tür und stellte mich ihr gegenüber, legte meine Hand auf die Höhe ihrer Hände, hielt meinen Kopf auf die Höhe ihres Kopfes. Einer von uns begann zu atmen, einer von uns setzte den Atem aus, tauchte tief, bis die andere gegangen war.

Ich besaß die Fotos. In der Zigarrenschachtel, die mir meine Mutter vor zwanzig Jahren gegeben hatte, waren viele Bilder von Fremden. Ich wusste nicht, wie sie dorthin gelangt waren. Ich schaute sie an und versuchte, mir das Leben der Menschen darauf vorzustellen. Ich dachte mir Geschichten dazu aus und wusste doch, dass Geschichten unzureichend waren im Vergleich zum tatsächlichen Leben.

Ich sah dieses Bild. Ein Junge, die Arme verschränkt, liegt am Wasser. Ich stellte mir vor, ich läge am Panzerteich, kurz davor zu tauchen, hinab zu den Geistern.

27. Juli 1957

Geistertauchen

Wer elf Jahre wurde, musste zur Mutprobe an den Panzerteich. Daran gab es nichts zu rütteln. Sich zu weigern hätte bedeutet, ewig in Schande zu leben, jedenfalls solange man hier blieb. Mädchen waren nicht zugelassen. Sie hatten ihre eigenen Rituale fürs Erwachsenwerden.

Wir standen am Ufer des Teichs; Rottmann, Schwarzkamp, Tito mit dem Feuermal, die ganze Truppe, selbst der verrückte Kutti war dabei.

»Die Geister«, rief er fröhlich. »Da unten wohnen die Geister.«

Das war natürlich Unsinn. Es gab keine Geister. Es gab nur einen Panzer der Amerikaner, der in den letzten Kriegstagen in einen Hinterhalt geraten und im See versunken war. Die Bauern hatten versucht, ihn mit Traktoren herauszuziehen, doch der Panzer war zu schwer und lag zu tief. An ruhigen Tagen, wenn die Sonne ihren höchsten Punkt erreicht hatte und das Wasser klar war, zeichnete sich am Grund ein Schatten ab. Das war er. Wer elf sein wollte, der musste tauchen und seine Außenwand berühren. So lautete die Regel.

»Los jetzt«, rief Rottmann ungeduldig.

Ich ging die ersten seichten Meter ins Wasser.

»Die Geister werden dich fressen«, brüllte mir der verrückte Kutti hinterher.

Vor einigen Jahren war angeblich ein Kind beim Versuch, bis zum Panzer hinunterzutauchen, ertrunken. Niemand kannte den Namen, aber alle wussten, dass die Geschichte wahr sein musste. Bald fiel der Boden steil ab. Ich schwamm einige Züge, bis ich etwa die Mitte des

Teiches erreicht hatte. Hier war der Panzer versunken. Tief sog ich Luft ein und tauchte unter.

Das Wasser war kalt und schlammig. Ich paddelte mit den Füßen, um so den Anschein zu erwecken, ich würde zum Boden hinabsinken. Selbstverständlich hatte ich nicht vor, bis zum Panzer zu tauchen. Ich vermutete sowieso, dass dies nur die Idioten taten. Wer klug war, blieb knapp unterhalb der Oberfläche.

Leise zählte ich bis fünfundvierzig. Die Zeit erschien mir ausreichend, um bis zum Grund gekommen zu sein. Dann brach ich mit einem Schrei aus dem Wasser hervor. Ich reckte die Faust dem Himmel entgegen, damit alle am Ufer meinen Triumph sehen konnten. Der verrückte Kutti klatschte begeistert, Tito bedeutete mir, zu ihnen zu schwimmen.

Doch das tat ich nicht. Heute wollte ich mehr.

Wieder holte ich Luft, wieder tauchte ich unter, wieder paddelte ich. Diesmal zählte ich bis siebzig. In den letzten Wochen hatte ich Luftanhalten trainiert. Das sollte mir jetzt zugutekommen. Siebzig war eine Zahl, die mich trotzdem bis an die Grenzen brachte. Als ich wieder auftauchte, war mir tatsächlich übel. Ganz außer Atem trieb ich zum Ufer zurück, schleppte mich auf die Wiese und fiel dort erschöpft zusammen. Dabei öffnete ich meine Hand.

»Das hier«, keuchte ich und schloss die Augen.

»Was ist das?«, fragte Schwarzkamp.

»Die Geister haben ihn gekriegt«, kreischte der verrückte Kutti.

Sie drängten sich um mich. Rottmann war es, der sich bückte und nach meiner Hand griff.

»Ein Kaugummi, das ist ein Kaugummi. Wo hast du den her?«

»Von unten, vom Panzer.«

Ich atmete und atmete und atmete. Zwei, vielleicht sogar zehn Minuten vergingen, in denen die anderen vor Spannung schier platzten. Endlich hatte ich genügend Luft geholt, um ihnen zu erzählen, wie ich ein zweites Mal zum Panzer getaucht und dort in die Luke geklettert wäre, im Inneren zwei amerikanische Soldaten – oder besser ihre Skelette – gesehen hätte, die noch an den Sitzen angeschnallt waren. Dem einen hätte ich in die Brusttasche gegriffen und etwas herausgezogen. Eben diesen nassen Kaugummi. Als ich zurückschwimmen wollte, hätte sich mein Fuß zwischen den Sitzen verfangen und ich hätte den Schädel des einen GIs zertreten müssen, um freizukommen. In letzter Sekunde hätte ich mich befreien und mein Leben retten können.

Nach dem Geistertauchen war ich nun offiziell elf Jahre alt. Mein Mut wurde künftig nie mehr in Abrede gestellt.

9. Februar 1988

Beim verrückten Kutti

Der Korridor schien endlos. Die schmalen Fenster ließen nur wenig Licht herein, Putz war von den Ziegelsteinwänden abgebröckelt. Wasser hatte dunkle Flecken an die Decke gezeichnet. Hinter mir lief Schädelbach. Er gehörte zum Sicherheitspersonal. Bevor ich die Anstalt betreten durfte, hatte er mich durchsucht und dabei hart angefasst. Schädelbach passte mein Besuch nicht. Ich störte den üblichen Tagesablauf.

Vor einer schweren Tür endete der Gang. Dahinter war ein Raum, groß und kalt und bis auf einen rostigen Metalltisch mit zwei Stühlen leer. Schädelbach hieß mich barsch, daran Platz zu nehmen. Ich setzte mich und wartete. Zehn, vielleicht auch zwanzig Minuten vergingen. Dann kehrte Schädelbach zurück. Mit ihm kam Kutti.

Zuerst fiel es mir schwer, Kutti zu erkennen. Die Haare waren fettig, er hatte roten Ausschlag auf Hals und Wangen. Seine Schultern hingen schlaff herab, überhaupt war sein früher so massiger Körper in sich zusammengefallen, als hätte ihn jede Kraft verlassen. Erst als er sich mir gegenübersetzte, leuchteten seine Augen kurz auf.

»Henryhenryhenry«, raunte er und legte seine Hände in fast schon erschreckend parallelem Abstand nebeneinander auf die Tischplatte. »Du bist wirklich gekommen.«

Kutti hatte Briefe geschrieben, mir und, wie ich später erfuhr, auch anderen – Rottmann, Tito mit dem Feuermal, Schwarzkamp, selbst dem Rektor und Frau Kretschmar. In allen Briefen hatte nur ein Satz gestanden: »Ich freue mich auf deinen Besuch.«

»Du bist da«, sagte Kutti. »Der Erste, der Einzige.«

Während er sprach, wippte sein Kopf von links nach rechts und wieder zurück.

»Die haben mich hier vergessen. Alle haben mich vergessen. Nur Henryhenryhenry nicht.«

»Niemand hat dich vergessen«, log ich. »Sie denken an dich. Sie haben nur keine Zeit zu kommen. Sie haben Frauen und Kinder und arbeiten. Sie denken an dich, aber sie kommen nicht.«

Für einen Moment hielt ich inne. Stellte mir vor, nicht ich würde Kutti besuchen, sondern er mich. Ich wäre das, was andere als verrückt bezeichneten, und deshalb in ein Gebäude gesperrt, ohne jede Möglichkeit, Widerspruch gegen meine Verrücktheit einlegen zu können. Würde ich mir dann glauben? Würde ich nicht beginnen, Geschichten zu erfinden, vielleicht ein Leben, wie ich es außerhalb der Anstalt führen würde?

Der Gedanke daran erschreckte mich. Die Furcht, in einem Gefängnis zu leben, ausgeschlossen von der Welt und alles infrage gestellt, was ich für mich geschaffen hatte, schnürte mir die Luft ab. Unter keinen Umständen durfte so etwas eintreten.

»Is was?«, fragte der verrückte Kutti.

Hastig schüttelte ich den Kopf und wies damit die Angst von mir. Stattdessen sprach ich von den letzten Jahren. Von den Reisen. Erzählte von Samuel. Von Magda. Selbst von Rottmann berichtete ich.

»Henryhenryhenry«, fragte mich Kutti schließlich, »haben dich die Geister weggefangen?«

Bevor ich antworten konnte, stand plötzlich Schädelbach neben uns.

»Ende, aus. Zeit um.«

Ohne abzuwarten packte er Kutti grob und zerrte ihn hoch. Dabei stürzte der Stuhl um. Ich sprang auf und lief zu Kutti, umarmte ihn, fasste in sein Haar, riss daran. Verwirrt blickte er mich an, doch da war Schädelbach schon zwischen uns.

»Wegtreten«, bellte er. »Sonst bleibste auch noch hier.«

Zehn, vielleicht dreißig Minuten später waren wir wieder im dunklen Korridor. Schädelbach lief so dicht hinter mir, dass er ab und an in meine Fersen trat.

»Kann ich mit dem Direktor sprechen?«, fragte ich ihn.

»Nee. Geht nicht.«

»Aber ich würde gern mit ihm über die Aufenthaltsdauer von ...«

»Der kommt hier nich mehr raus.«

»Aber das ist doch jetzt über zwanzig Jahre her.«

»Niemals mehr«, sagte Schädelbach und grinste.

Er stieß mir mit dem Schlüsselbund in die Seite.

»Besser weitergehen. Sonst bleibste auch hier.«

17. November 1965

Ein Palast

Selten hatte mich etwas derart Schäbiges in ein solches Hochgefühl versetzt. Dabei war dieses Zimmer ein winziger Verschlag: kaum Platz für Bett, Schrank und Tisch. Durch die Ritzen am schmalen Fenster zog kalt der Wind, von der Wand schälte sich die Tapete. Die Toilette war ein abbruchreifes Holzhäuschen im Garten. Dort befand sich auch das einzige Waschbecken. Aber darum scherte ich mich nicht. Denn dieser Ort war mein, ein erstes eigenes Zimmer.

Jeder braucht das; einen Platz, an dem er ohne Einschränkungen er selbst sein kann. Das Zimmer hätte halb so klein sein können, und ich hätte mich dennoch wie ein König in einem Palast gefühlt.

Frau Aurich vermietete an Studenten und Wanderarbeiter. Aus den meisten Angelegenheiten hielt sie sich heraus. Wichtig war ihr allein, dass am Monatsanfang ein Umschlag mit entsprechendem Inhalt auf ihrem Küchentisch lag. Manchmal trank sie. Dann kam sie mitten in der Nacht ins Zimmer und erzählte ungefragt aus ihrem Leben. Berichtete von ihrem Mann, der in Nordafrika verschollen war, der dieses Haus vor den Kriegstagen mit den eigenen Händen gebaut und den Garten unter Mühen angelegt hatte. Fotos von ihm waren hier überall zu finden.

Der Alkohol und die Erinnerung trieben Frau Aurich Tränen in die Augen. Sie wurde rührselig und zeigte plötzlich Interesse am Leben von anderen.

Oft beschloss sie in solchen Momenten, mir die nächste Monatsmiete zu erlassen. Das Geld sollte ich sinnvoller einsetzen. Ich sollte etwas aus mir machen, sollte mich von Kriegen fernhalten, mir eine Frau suchen, ein Haus bauen. Nur, kam der nächste Monat, hatte sie ihren Vorsatz wieder vergessen.

Magda wohnte ein paar Straßen weiter, Rottmann im Zimmer nebenan. Wo sein Vermögen aus dem Wald geblieben war, wusste nur er. Verprasst hatte er das Geld. Und hätte ich damals geahnt, welche Gedanken ihn umtrieben, hätte ich das Weite gesucht.

Ich weiß nicht, weshalb ich Rottmann so lange nicht überprüfte. Vielleicht hatte ich es zuvor zu oft getan, ohne dass ich eine Veränderung feststellen konnte. Als ich es nach einigen Jahren wieder tat, eher aus einer zufälligen Eingebung heraus als aus Absicht, überfiel mich ein Schrecken.

Ich will Macht.
Ich will Magda.
Ich will die Puppe.

Das waren die Gedanken, die Rottmann beherrschten.

14. August 1958

Der Arm, die Bahn, der Mut

Wir standen bei den Gleisen. Nein, besser: Ich stand bei den Gleisen. Rottmann war viele Meter entfernt.

»Die nächste Bahn kommt erst in zwanzig Minuten«, rief ich ihm zu.

Doch er blieb, wo er war.

»Rottmann, du bist ein Feigling. Und ein Dummkopf dazu.«

Er warf einen Stock nach mir. Zu den Gleisen kam er nicht.

Das konnte ich gut verstehen. Wäre ich an seiner Stelle gewesen, hätte mich nichts und niemand hierhergebracht. Dass Rottmann überhaupt wieder in den Wald gegangen war, schien ein kleines Wunder. Ich hatte über viele Monate auf ihn eingeredet. Heute endlich war es mir gelungen. Zögernd und ohne jede Großmäuligkeit, so anders als sonst, war Rottmann mir gefolgt, bis wir den Ort erreichten, der ihn seinen linken Arm gekostet hatte.

Damals kannte ich Rottmann nicht. Fünf Jahre war er alt, vielleicht auch sechs. Er war an den Gleisen gewesen, angeblich mit Tito und dem verrückten Kutti, auch wenn beide später nie darüber sprachen.

Danach hatte Kutti Rottmann getragen, war Tito wie von Sinnen kreischend vor ihnen gelaufen. Da war Blut, da fehlte ein Arm und wenn sie nicht zufällig Wachsmuth über den Weg gelaufen wären, der solche Verletzungen aus dem Krieg kannte, wäre Rottmann an diesem Tag gestorben. Aber er überlebte, wurde zum Einhändigen, der jeden, der ihn so nannte, mit der gesunden Faust windelweich prügelte.

»Du bist ein Dummkopf«, rief ich ihm nun ein zweites Mal zu, »du darfst keine Angst haben vor der Eisenbahn. Ohne die kommst du nie hier weg.«

Seit dem Zwischenfall war Rottmann niemals mehr mit dem Zug gefahren. Er war nicht zum Bahnhof gegangen, nicht zu den Schienen. Er hielt sich fern, und das wollte ich ändern. Denn wenn er sich fernhielt, würde er ein Leben lang ein Feigling bleiben.

So sprach ich auf ihn ein, viele Stunden an diesem Tag. Züge brausten vorbei, vor denen sich Rottmann hinter den Bäumen versteckte. Aber er kam näher, Schritt für Schritt, und stand schließlich auf den Schwellen, reckte den rechten Arm in Richtung des Himmels und schrie, oh, wie er schrie.

Bald sollte ich Huck bekommen. Und ich erfuhr, was Rottmann beschäftigte.

Ich liebe Magda.
Warum habe ich damals an den Gleisen gespielt?
Ich möchte reich sein.

24. Dezember 1958

Eine buckelige Welt

Was Geschenke betraf, war meine Mutter nicht gerade einfallsreich. Gleich wann, gleich für wen – stets verschenkte sie Bücher. Immerzu Bücher. Selbst heute erhalte ich zweimal im Jahr ein solches Päckchen.

Eine Menge Bücher haben sich so in den letzten sechzig Jahren angesammelt. Auch wenn sie mir nicht immer gefielen, habe ich sie alle gelesen. Denn ich vermutete, dass meine Mutter mir mit jedem Geschenk etwas sagen wollte. Doch kaum ein Buch bedeutete mir mehr als jenes, das ich Weihnachten 1958 bekam:

»Die Abenteuer des Tom Sawyer«

Zusammen mit Tom wurde ich zum Piraten, rettete Muff Potter vor dem Galgen, verliebte mich in Becky Thatcher, verirrte mich mit ihr in der McDouglas-Höhle, fand dort einen Schatz, ließ Indianer-Joe verhungern und wohnte meiner eigenen Beerdigung bei.

Vor allem aber wünschte ich mir jemanden wie Huckleberry Finn an meiner Seite.

12. März 1960

Zwei Rätsel

Ich begann, ein »Tagebuch der anderen Gedanken« zu schreiben, in welchem ich all das notierte, dessen ich mit Hucks Hilfe habhaft werden konnte. Ein Verzeichnis von Wünschen und Ängsten, dunklen und banalen, verständlichen und nie gehörten. Rasch sammelten sich darin die Namen der Menschen, die in meiner Nähe lebten. Zu jedem Namen vermerkte ich drei Gedanken. Manche änderten sich im Laufe der Zeit, doch meistens blieb, was war.

Zwei Namen allerdings, so stellte ich bald fest, würden niemals im Tagebuch auftauchen. Einer davon war Henry Sy. Ich konnte meine eigenen wichtigsten Gedanken nicht erkennen. Was ich auch versuchte; Huck sprach sie nicht aus. Vielleicht war das unvermeidlich. Schließlich waren mir meine Gedanken bekannt, schließlich war ich es, der sie dachte. Nur konnte ich nicht begreifen, welche Bedeutung sie für mich hatten. Sie waren einfach da, viel zu viele Gedanken, ungeordnet nebeneinander, ständig in Bewegung und einander widersprechend. Festzustellen, welche davon mich ausmachten, welche mich beschreiben konnten, welche das Entscheidende über mich erzählten, war mir nicht möglich.

Der zweite Name wog schwerer. Denn als mir klar wurde, dass Huck sich weigerte, etwas von Magda preiszugeben, wuchs nur das Verlangen, mehr von ihr zu erfahren.

Dabei hatte ich mir unter den ungeheuerlichsten Lügen Zugang zu ihren Sachen verschafft. So war ich an Magdas Haarspangen, Bücher, Stifte und Kleidungsstücke gelangt. In einem Moment der Unachtsamkeit hatte ich ihr Huck sogar gezeigt, hatte ihn Magda gegeben in der Hoffnung, ihre Berührung würde Huck zum Sprechen bringen. Doch nichts geschah. Huck schwieg, verriet nichts von ihr. Irgendwann gab ich mich geschlagen und verlor das Interesse an ihren Gedanken. Die ganze Welt war mir ein offenes Buch, ich hätte sie aufgeben müssen, um diese drei Gedanken zu verstehen. Die Welt oder Magda – die Entscheidung fiel leicht.

5. Mai 1968

Beatnik

Das Auditorium war bis auf den letzten Platz gefüllt. Wer keinen Platz fand, musste stehen. Und das waren die meisten. Denn einer der Frankfurter Professoren hatte eine Vorlesung gehalten. Danach fand die obligatorische Diskussion über den Zustand der Gesellschaft statt und artete wie üblich in einen erbitterten Streit aus, der klären sollte, wie schlimm es um uns alle stand und was getan werden musste, um die Menschen zum Besseren zu verändern.

Rottmann saß umgeben von seinen Mitstreitern, die sich immer dann lautstark zu Wort meldeten, wenn ihnen einer der Sprechenden nicht radikal genug argumentierte.

Ich war nur hier, weil Magda mich darum gebeten hatte. Sie war eine der wenigen, die während der Vorlesungen Notizen machten. Sie schrieb dann mit dem Stift, den sie aus ihrer alten Metallbüchse holte. Ab und an lehnte sie sich zu mir herüber und fragte nach meinem Standpunkt. Manchmal hatte ich einen, meistens jedoch waren mir andere Sachen wichtiger. Lernen wollte ich hier sowieso nichts.

Vielmehr interessierte mich die Situation. Auf so engem Raum musste es zwangsläufig zur Eskalation kommen. Und jede Eskalation war ein Spektakel. Sauerstoff verbrauchte sich, während die Welt gerettet wurde.

Gleich nach Beginn der Vorlesung war mir eine Beatnik in der zweiten Reihe aufgefallen. Sie trug eine Hose mit Pepitamuster, dazu einen eng anliegenden Ringelpullover, natürlich schwarz-weiß gestreift. Ihr Haar war so angenehm kurz wie das von Audrey Hepburn.

Gerade als ein Mitglied des Studentenrats niedergebrüllt wurde, verließ sie das Auditorium. Ich folgte ihr, erklärte Magda noch, dass sie nicht auf mich warten müsse.

Ich fand Audrey vor dem Gebäude. Sie war dabei, sich eine Zigarette anzuzünden.

»Ich kann Gedanken lesen«, sagte ich.

Sie glaubte mir nicht.

»Aber deine Gedanken lese ich nur, wenn du den Abend mit mir verbringst.«

Da lachte sie und glaubte mir noch immer nicht. Aber sie kam mit.

In der Nacht vergaß Audrey, was ich ihr versprochen hatte. Am nächsten Tag aber, nachdem ich Huck befragt hatte, konnte ich ihr einen ihrer drei Gedanken nennen.

Sie wäre, sagte ich, eine von denen, die einfach eine gute Zeit haben wollten. Die hatten wir dann auch.

22. September 1953

S

Das Alphabet hat 26 Buchstaben, rechnet man die Umlaute und das Eszett dazu, sind es 30. Es ist sinnvoll, alle Buchstaben zu kennen.

Das erste A. Gleich noch ein B. Dann ein C. Ein J, ein P, selbst das Q. Irgendwann konnte ich sie alle lesen und schreiben. Alle Buchstaben. Nur das S nicht. Das S wollte mir einfach nicht gelingen. Was ich auch tat, stets schrieb ich es spiegelverkehrt. Ich wiederholte das S, kritzelte ganze Seiten damit voll, konzentrierte mich vor jedem Diktat fest darauf, ein korrektes S zu schreiben. Doch als ich den Test später zurückbekam, waren die S wieder rot angestrichen.

Herr Rapp, mein Deutschlehrer, vermutete als Ursache meine Linkshändigkeit. Also wollte er sie abtrainieren. Das brachte nichts außer einer krakeligen Handschrift, die ich bis heute habe. Links oder rechts – nichts brachte mich weiter auf der Suche nach dem richtigen S.

Die Zeit verging. Ich lernte, wo Belgisch-Kongo lag, wer Karl der Große war und wieso die Vögel im Winter in den Süden ziehen. Ich lernte, am Barren zu turnen. Wieso Kain Abel erschlug. Wie man Kraft berechnete. Wie man »Ich habe keine schwarze Katze« auf Englisch sagte. Was eine Quadratwurzel ist. »Kein schöner Land« zu singen. Dass gelbe Farbe vermischt mit blauer Grün ergibt.

Ich lernte, bei welchem Lehrer ich besser nicht aufbegehrte und bei welchem das ging. Ich lernte, wie man einen Baum fällte. Wann man Mohrrüben aussäte. Ich lernte, einen Fahrradschlauch zu flicken. Ich lernte, weit zu spucken. Ich lernte, in welches Körperteil geschlagen eine Faust am meisten schmerzte. Ich lernte, wie ich mich verhalten musste, um etwas zu bekommen, das mir nicht zustand. Ich lernte schweigen. Ich lernte schwimmen. Ich lernte, mit Zunge zu küssen und Papierflieger zu falten. Ich lernte, wie Steine geworfen werden mussten, damit sie dreimal über das Wasser sprangen. Ich lernte Krawatten binden. Lernte Motorrad fahren. Rommé spielen. Eine Minute Luft anhalten. Aus Holz kleine Füchse schnitzen. Ich lernte, keine Angst mehr zu haben, jedenfalls nicht vor Monstern aus Büchern.

Nur das richtige S lernte ich nicht. Weiterhin schrieb ich es spiegelverkehrt. Noch immer wurde es in den Arbeiten rot angestrichen, nur wurde der Fehler nicht mehr benotet.

Dann aber, den genauen Tag kann ich nicht benennen, bekam ich einen Test zurück, in dem vieles angestrichen war. Nur das S nicht. Das S hatte ich so geschrieben, wie man es schreiben musste. Ich machte keine große Sache daraus. Die meisten schrieben das S richtig. Und ab diesem Tag gehörte ich auch dieser Mehrheit an.

5. November 1978

Samuels Geburt

Der Mann neben mir verlor gerade die Nerven: »Was, wenn mein Kind ein Monster wird? Ein Diktator, ein Mörder, ein Verbrecher, ein Lügner, ein mieser Kerl?«

Seit Stunden schon tigerte Kurt durch den Warteraum des Krankenhauses. Mal schossen die Worte unkontrolliert aus ihm heraus, mal überschüttete er mich mit Verwünschungen, mal brach er fast zusammen und wurde zur jammernden Karikatur eines werdenden Vaters.

»Ich habe Angst«, kam es gerade aus ihm heraus, »solche Angst. Was soll ich denn machen, wenn ich es nicht schaffe? Wenn ich meinem Sohn nicht beibringen kann, ein guter Mensch zu werden? Was habe ich mir nur dabei gedacht?«

Ich hätte ihm zustimmen können. Denn eigentlich war die Vorstellung furchterregend: In wenigen Stunden würde ein neues Leben in der Welt sein. Wer konnte schon mit Sicherheit sagen, dass es ein gutes sein würde? Und wer konnte dafür garantieren, dass alle Möglichkeiten geschaffen waren, damit es sich bestens entwickeln konnte?

Aber drehte ich deshalb durch? Irgendwie würde sich schon alles fügen. Kinder zu kriegen und großzuziehen hatte Jahrtausende davor geklappt und würde auch noch lange nach uns funktionieren. Kurt hatte dieses Zutrauen nicht. Jetzt zählte er auf, was für finanzielle Belastungen auf ihn zukämen, von den moralischen ganz zu schweigen.

Oh, diese philosophischen Fragen, die überhaupt nichts brachten. Am wenigsten Kirsten in ihrer augenblicklichen Situation. Aber sie wollte mich sowieso nicht dabei haben, wollte mich nicht mehr sehen. Wäre das ein Grund, sich von Samuel fernzuhalten? Von allen Menschen der Welt würde er die geringste Schuld an den Umständen seiner Existenz tragen. Zumindest in den ersten Jahren. Was danach kam, war unbekanntes Land. Zumindest dann sollte ich an seiner Seite sein.

So saß ich mit Kurt in einem kargen Zimmer, mitten zwischen graublättrigen Zimmerpflanzen, vor mir erkalteter Kaffee, den ich unter keinen Umständen trinken konnte. Wach bleiben würde ich ohnehin.

Auf dem Gang huschten Schwestern vorbei, Pfleger, manchmal Ärzte. Keiner von ihnen sprach davon, wie es um Kirsten stand. Was sollte ich also tun, außer mir Kurts wenig originellen, offenbar notwendigen und so oft schon gestellten Fragen anzuhören?

Irgendwann wurde Kurt geholt. Er umarmte mich fest, meinte, dass sich ein Band zwischen uns geknüpft hätte, das sich niemals mehr lösen ließe. Dann ging er. Ich traf ihn nie wieder.

Stunden später kam Samuel zur Welt. Der Himmel war lilafarben, als ich ihn zum ersten Mal sah.

1919
Die Geschichte meiner Mutter

Im Jahr, als Rosa Luxemburg starb, wurde meine Mutter geboren. Wäre sie ein Junge geworden, hätte sie Karl geheißen. Schon als kleines Mädchen ließ sie sich kaum etwas gefallen. Sie hatte ihren eigenen Kopf, und den wollte sie unbedingt durchsetzen. Deshalb nannten ihre Eltern sie bald »Röschen«. Diesen Namen hasste meine Mutter über alles.

1927 wurde ihr Vater während einer Demonstration erschossen. Ein Freund ihres Vaters nahm Rosa und ihre Mutter bei sich auf. Seine Frau war vor einiger Zeit schon an Tuberkulose gestorben. Er hatte einen Sohn, Walter war sein Name.

Rosa bewunderte Walter sehr. Er war wie ein großer Bruder für sie, einer, der sie beschützte, in der Schule, auf der Straße, vor den Oberen. Er erzählte ihr von der Ungerechtigkeit in der Welt. Seine Stimme wurde laut, wenn er vom Bösen berichtete, hart, wenn er die Maßnahmen beschrieb, das Böse zu besiegen, und leidenschaftlich, wenn er von den Möglichkeiten erzählte, etwas Neues, etwas Besseres zu schaffen.

Je älter Walter wurde, desto öfter war er unterwegs. Bald nahm er Rosa mit. Sie gingen gemeinsam zu Geheimtreffen, verteilten heimlich Flugblätter. Sie riskierten viel. Rosas Mutter flehte ihre Tochter an, vernünftig zu sein und nicht ihr Leben aufs Spiel zu setzen. Doch Rosa hatte sich längst entschieden.

Eines Tages war Walter kein Bruder mehr für Rosa. Er küsste sie, es war ihr erster Kuss. Sie hatten nur wenige gemeinsame Wochen. Dann wurde die Wohnung durchsucht. Walters Vater kam in Gefangenschaft,

Rosa wurde verhört. Niemand verriet Walter. So gelang es ihm, nach Russland zu entkommen.

Mehr als alles andere sonst sehnte sich Rosa nach Walter. Sie war siebzehn, als sie beschloss, seinen Kampf fortzuführen. Sie nahm Kontakt zu Walters Freunden auf, schloss sich ihren Aktionen an. Nun stand auch sie auf den Listen.

Walters Freunde organisierten eine abenteuerliche Flucht. Viele Monate war sie unterwegs, bis sie Moskau erreichte und Walter wiederfand. Rosa war glücklicher als jemals zuvor.

Aber Walter hatte sich verändert. Noch immer war seine Stimme laut, wenn er vom Bösen in der Welt sprach. Aber anstelle der Leidenschaft war Hass getreten. Er nahm Rosa nicht mehr wahr, sah durch sie hindurch, als gäbe es nur noch den Kampf gegen die anderen. Als der Krieg ausbrach, meldete er sich für den Aufklärungsdienst. Rosa blieb zurück, arbeitete als Krankenschwester. Vier lange Winter sahen sie einander nicht.

13. Juli 1985

Post aus Amerika

Meine Mutter rief an, ihre Stimme so anders als sonst.

»Du musst kommen. Es ist sehr wichtig.«

»Es geht um deinen Vater«, fügte sie hinzu.

Am nächsten Mittag war ich bei ihr. Sie umarmte mich, hielt mich lange fest.

»Dein Vater ist tot«, flüsterte sie dabei. »Er hat sich am Abend hingelegt und ist nicht mehr aufgewacht. Keine Schmerzen, kein Leiden. Einfach eingeschlafen.«

Ihre Tränen rannen an meinem Hals herab.

»Seine Frau ist schon vor Jahren gegangen. Er war allein, als er starb. Er hätte nicht allein sein sollen.«

Wir gingen ins Wohnzimmer. Setzten uns auf die Couch. Schwiegen. Ich starrte auf die Matroschkas im Schrank.

»Und dann ist da noch was«, fuhr sie nach einer Weile fort. »Der Brief. Du musst wissen, wer ihn geschrieben hat.«

Sie drückte mir ein gefaltetes Stück Papier in die Hand. Die Schrift war unregelmäßig, fiel an einigen Stellen schief ab.

»Für einen Amerikaner schreibt er gut Deutsch.«

Ich wusste nicht, was sie meinte.

»Dein Bruder. Er schreibt gutes Deutsch. Ich habe jedes Wort verstanden.«

Während sie sprach, las ich. Ein Bruder. Oder besser: Ein Halbbruder. Mutter hatte nicht von ihm gewusst. Aber er wusste von uns. Er schrieb von meinem Vater, von seiner Mutter. Von einem Leben in einem kleinen amerikanischen Städtchen. Er schrieb von dem Tag, an dem er geboren wurde. Er schrieb vom 9. Juni 1946.

9. Juli 1970

Doppelgänger

Eines schien gewiss: Der Mann in dem löchrigen Jackett wollte etwas von den Passanten. So wie er sie ansah, ein Flackern in den Augen, das Zucken seines Kopfs, die fahrigen Bewegungen der Hände, lauter irre Gesten. Der Mann hatte ein Anliegen und wollte es mit der Welt teilen.

Neben mir auf gleicher Höhe lief eine Frau, nur unwesentlich jünger als ich, eine John-Lennon-Brille mit roten Gläsern auf der Nase. In meinen Händen hielt ich einen letzten Handzettel. Es wäre vernünftig gewesen, den Zettel der Frau zu überreichen. Vielleicht würde sich daraus ein Gespräch ergeben, vielleicht mehr.

Schon den gesamten Tag hatte ich die Flugblätter verteilt. Eine Raketenblume mit einer Handgranate als Blüte war zu sehen, »Freiheit für alle Gefangenen« stand darunter. Das Motiv stammte von Holger.

Holger, der damals noch nicht Starbucks hieß, sprach oft über Filme. Damit kannte er sich aus. Er hatte gesagt, dass Künstler ihren Hass nicht gegen sich richten sollten, sondern gegen die wirklichen Feinde. Ich hatte gefragt, wer diese Feinde wären und er hatte die Schultern gezuckt und gemeint, wenn ich das nicht wüsste, wüsste ich nichts. Ich hatte ihn gefragt, ob er gerade an einem neuen Film arbeiten würde. Nein, hatte er gesagt, das Filmen hätte er aufgegeben, Kunst würde nichts ändern. Was dann, hatte ich gefragt und wieder hatte er die Schultern gezuckt und gesagt, das würde sich bald zeigen.

Konkreter wurde er nicht. Vielleicht traute er mir zu dieser Zeit noch nicht über den Weg. Denn erst vor wenigen Wochen war ich zur Gruppe gestoßen. Einer von Rottmanns radikalen Bekannten hatte den Kontakt hergestellt.

Nun wollte ich in die Grunewaldstraße zurückkehren. Die Haschrebellen hatten sich angekündigt. Sie planten eine Aktion und brauchten dafür Holgers Auto. Holger nahm die Rebellen nicht weiter ernst. Sie waren ihm zu hedonistisch.

Ich überlegte, wem ich den letzten Handzettel geben sollte. Dem Mädchen mit der Nickelbrille? Oder dem wirren Mann?

Ich entschied mich für den Mann.

Er warf jedoch kaum einen Blick auf den Zettel. Stattdessen überschüttete er mich sogleich mit einem Wortschwall.

»Die Doppelgänger sind's, auf die kommt es an. Jeder hat einen. Manchmal kreuzen sich die Wege. Aber kaum jemand weiß davon. Deshalb berichte ich dir davon, mein guter Freund.«

»Doppelgänger?«

»Ja, so wie du, in Haut und Haaren, im Kopf, im Leben, der Gleiche. Wer keinen hat, ist ein einsamer Mensch.«

In diesem Moment gab es einen Knall. Erschrocken fuhr ich herum. Nur wenige Meter entfernt schoss ein Auto um die Kurve, der Fahrer offensichtlich ohne Kontrolle über den Wagen. Ein zweiter Knall, ohrenbetäubend diesmal, ein Klirren, ein Splittern, ein hässliches Brechen von Metall.

Das Auto war in eine Ampel gekracht. Die Ampel war umgeknickt, der Mast auf den Gehweg gestürzt. Eine Tür öffnete sich. Der Fahrer stieg aus dem Wagen, ein wenig Blut an der Stirn, ansonsten unverletzt. Benommen sah er auf das Auto, sah auf den Gehweg, lief dann in die Richtung, aus der er gekommen war.

Menschen strömten herbei, bildeten einen Kreis um das Auto, um die Ampel. Sie schrien. Ich ließ den Mann mit dem löchrigen Jackett stehen. Näher kam ich, bis ich erkannte: Das Mädchen mit der Nickelbrille lag auf dem Gehweg, begraben unter dem Ampelmast, bewegungslos lag sie, war genau den Weg gegangen, der mir bestimmt gewesen wäre.

12. Mai 1982

Reich sein

Schon immer hatte ich eine große Leidenschaft fürs Lottospielen gehabt. Die Aussicht auf Erfolg war verschwindend gering. Aber eine Wahrscheinlichkeit bestand. Und so war es auch im Leben. Trotz aller Widrigkeiten konnte es den einen Moment geben, der alles änderte, die eine Welle, die einen emportrug und auf der man reiten konnte, ewig stehen, Salz im Gesicht, wunderbarer Schaum, der Schwerkraft trotzend.

Deshalb kümmerte mich der Spott der anderen nie. Ihre Verweise auf statistische Modelle und mathematische Gesetze ließen mich kalt. Besser eine idiotische Chance als keine. Stets tippte ich auf dieselben Zahlen. Am 12. Mai 1982 zahlte meine Sturheit sich aus.

Die Achtziger waren ein gutes Jahrzehnt, um reich zu sein. Es hätte eine Vielzahl von Gelegenheiten gegeben, meinen Reichtum für nur kurzfristig erfüllende Nichtigkeiten zu verwenden. Doch daran war mir zu dieser Zeit nicht gelegen. Lieber wollte ich vernünftig sein.

Also legte ich meinen Reichtum an.

19. Oktober 1987

Schwarzer Montag

Am 19. Oktober 1987 verlor der Dow Jones ein Viertel an Wert. Es war dessen größter prozentualer Einbruch in der Börsengeschichte.

Grund dafür waren das amerikanische Handelsdefizit, eine hohe Inflation, das Fehlschlagen des Louvre-Abkommens und die Senkungen der Leitzinsen durch die US-Notenbank unter Führung des erst kurz zuvor berufenen Alan Greenspan. Des Weiteren setzte die Automatisierung der Aktiengeschäfte eine verhängnisvolle Dynamik in Gang. Computer stießen Aktien ab, sobald deren Kurs eine bestimmte Marke unterschritten hatten. Ein Überhang an Verkaufsaufträgen und die verhängnisvolle Logik der Algorithmen zur Kursabsicherung führten zu einem sich selbst verstärkenden Preisverfall.

Am Ende war ein Vermögen im Wert von 520 Milliarden Dollar vernichtet.

Ich verlor an diesem Tag nicht mein gesamtes Geld. Aber den größten Teil davon. Und damit ein weiteres Mittel, mich gegen die Willkür des Schicksals wappnen zu können.

6. Juli 1975

Klassentreffen

»Zehn Jahre sind keine Zeit« stand auf der Einladung. Ich nahm sie an, um das Gegenteil zu beweisen.

Das Klassentreffen von 1970 hatte ich vorsätzlich verpasst. Mit Menschen, an denen mir lag, hielt ich ohnehin schon Kontakt. Die anderen waren mir gleich. Ein Wiedersehen mit ihnen war nicht notwendig.

Die Feier fand in dem Saal statt, in dem auch unser Schulabschluss mit scheinheiligen Reden besiegelt worden war. Zehn Jahre waren seither vergangen. Biggi hatte das Treffen organisiert. Aufgeregt huschte sie umher, begrüßte jeden so überschwänglich, als hätten wir ihr mit unserer Anwesenheit einen persönlichen Gefallen getan.

Nahezu alle hatten sich verändert. Zumindest äußerlich. Die Männer drastischer als die Frauen. Einige hatten schon auf der Ersatzbank des Lebens Platz genommen.

Gespräche ergaben sich. Wir erinnerten uns an den verrückten Kutti und fragten uns, ob er jemals wieder frei kommen würde. Schwarzkamp erzählte von Tito mit dem Feuermal. Angeblich war er nach Neuseeland ausgewandert und züchtete dort Schafe.

Mit Rottman wechselte ich kein Wort. Er verkroch sich in die dunkelste Ecke des Saals und stierte mich von dort aus an. Eine beunruhigend wahnsinnige Aura umgab ihn, von der ich mich fernzuhalten versuchte.

Magda erschien verspätet. Plötzlich war sie im Raum. Schüttelte Hände, lächelte in Gesichter. Jemand reichte ihr ein Glas Bowle, das sie in einem Schluck trank. Irgendwann kam sie zu mir. Erst standen wir uns leicht verlegen gegenüber, dann nahmen wir uns in den Arm, hielten uns einen Moment länger, als es angebracht gewesen wäre.

Wir setzten uns nebeneinander. Wussten erst nicht, was zu sagen war. Ich berichtete von den Orten, zu denen ich gereist war. Von Meeren, Gebirgen, Wüsten, Wäldern, Städten, Dörfern. Ich fragte nach ihr. Sie erzählte von Sandra, ihrer Tochter. Ich fragte nach Brandtmeier. Ein Schatten lag auf ihren Augen, als sie mir antwortete. Ich griff nach ihrer Hand.

»Ich krieg das hin«, sagte sie, »es geht uns gut. Es ist nicht so schlimm.«

Sie machte eine Pause.

»Er ist nicht so schlimm.«

Kurz darauf verließ sie die Feier. Ich wollte sie nach draußen begleiten. Doch Magda reagierte panisch, verbat mir einen Abschied außerhalb des Saals.

»Es ist besser, er sieht dich nicht. Viel besser.«

Dann ging sie. Ein Auto fuhr vor. Scheinwerfer blitzten wie Reptilienaugen.

5. August 1962

Nach dem Regen

Wir hatten den Tag an der Kieferschlucht verbracht: Rottmann, Schwarzkamp, Tito mit dem Feuermal, Biggi, Magda und ich. Auf dem Rückweg holte sich Magda einen Platten. Flickzeug hatte niemand dabei. Während die anderen vorausfuhren, blieb ich bei Magda. Gemeinsam schoben wir unsere Räder.

Gerade als wir in den Feldern zwischen den Wäldern waren, setzte ein heftiger Regen ein. Glücklicherweise erblickten wir in der Ferne eine alte Scheune. So schnell wir konnten, rannten wir dorthin. Doch das half nicht; von Kopf bis Fuß waren wir durchnässt.

In der Scheune zogen wir uns bis auf die Unterwäsche aus und hängten unsere Sachen zum Trocknen auf. Dabei blieb Magda in dem einen und ich in dem anderen Teil der Scheune. Düster war es noch dazu, sehen konnten wir uns nicht. Nur hören. Wie wir so im Stroh lagen, dachte ich, dass Ort und Zeit ideal wären, Magda die eine Frage zu stellen, die mich seit Langem beschäftigte. Draußen der Regen, drinnen Magda und ich, nass im Stroh, nur wenige Meter voneinander entfernt. Wann sonst würde ich wieder den Mut dafür aufbringen? Also fragte ich.

»Magda, was hast du für Gedanken?«

Zuerst kam keine Antwort.

»Ich meine, was geht dir im Kopf rum?«

»Im Kopf?«

»Ja. Was denkst du?«

»Jetzt?«

»Meinetwegen.«

Wieder blieb es auf Magdas Seite still.

»Sag schon, woran denkst du jetzt?«

»An den Regen.«

»Den Regen?«

»Ja.«

»Und sonst nichts?«

»Doch, schon.«

»Und, was ist es?«

Sie schwieg.

»Komm, sag schon.«

»Ich habe Hunger.«

Den hatte ich auch. In der linken Hosentasche fand sich ein durchweichter Marmorkeks, den ich Magda gab.

»Danke«, sagte sie und aß.

Schweigend lagen wir und hörten die Tropfen gegen das Scheunendach klatschen.

»Da ist was«, rief Magda plötzlich.

Ich horchte in die Dunkelheit hinein.

»Das ist nur der Regen.«

»Doch, da ist was«, sagte Magda, »ein Geräusch.«

Und fügte hinzu:

»Ich fürchte mich.«

Vielleicht hatte es am Scheunentor geknarrt. Ich ging zum Tor und drückte es ein wenig auf. Der Regen fiel so dicht, keine zwei Meter weit konnte ich sehen.

»Da ist nichts.«

»Doch, hier auf meiner Seite ist was. Komm mal her.«

Also ging ich zu Magda, schaute nach, so gut das eben im Halbdunkel möglich war. Danach verzog ich mich wieder auf die andere Seite und erzählte ihr eine Geschichte von Jules Verne.

»Mir ist kalt«, unterbrach sie mich nach einer Weile.

In einer Ecke der Scheune entdeckte ich eine alte Pferdedecke. Ich schüttelte sie aus und warf sie zu Magda.

»Mir ist immer noch kalt.«

»Dann leg dich unters Stroh.«

»Aber das sticht.«

»Bei mir sticht es nicht.«

»Kann ich zu dir kommen?«

»Du musst die Decke übers Stroh legen. Wie ein Laken. Warte, ich zeig es dir.«

Ein zweites Mal wechselte ich auf ihre Seite. Magda hatte sich in die Pferdedecke eingewickelt. Aber ihre nackten Schultern konnte ich sehen.

»So«, sagte ich, »und so.«

Ich drückte das Stroh platt, wälzte mich darauf, zog Halme heraus, glättete.

»Jetzt müsste es gehen.«

Als ich mich umdrehte, stand Magda direkt vor mir. Ihr Haar roch nach Regen, ihre Augen verborgen im Schwarzen.

»Sobald der Regen aufhört, müssen wir zurück«, sagte ich.

»Nein.«

»Aber sie werden uns suchen.«

»Werden sie nicht.«

»Bestimmt werden sie das.«

»Aber nur jetzt sind wir hier.«

Magda trat näher. Die Decke verrutschte.

»Henry …«.

Ein Blitz zuckte, setzte uns für einen Moment in gleißendes Licht.

»… ich …«

Ein Donnern ertönte.

»Fünf Kilometer«, sagte ich, weil ich wusste, dass jede Sekunde zwischen Blitz und Donner einen Kilometer bedeutete.

Ein Lufthauch, ihr Atmen auf meiner Wange.

»... was ich ...«

»Ach, vielleicht war ja der Donner das Geräusch, das du gehört hast.«

Ich trat einen Schritt zurück.

»Ich will mal lieber nachschauen, ob das Tor auch zu ist. Nicht, dass uns noch was passiert.«

Ich schaute nach. Das Tor war verschlossen. Zufrieden legte ich mich ins Stroh.

»Ich versuche jetzt zu schlafen«, rief ich zu Magda.

Doch sie antwortete nicht. Wahrscheinlich war sie schon eingenickt.

Am nächsten Morgen weckte mich Sonnenschein, der durch die Ritzen der Scheunenwand fiel. Es brauchte etwas, bis ich verstand, wie ich hierhergekommen war. Sobald ich mich erinnerte, sprang ich aus dem Stroh und rief nach Magda. Doch sie war nicht da. Als ich in meine Hose schlüpfte, fand ich in der Tasche einen Zettel, die Schrift unverkennbar von Magda. Sie hatte immer einen Stift und einen kleinen Block in einer metallenen Büchse dabei.

»Henry, du bist ganz besonders dumm«, stand auf dem Zettel.

Das kapierte ich in etwa. Schließlich hatte sich Magda in letzter Zeit oft seltsam verhalten, gerade mir gegenüber. Trotzdem beschloss ich, ihren Zettel nicht allzu ernst zu nehmen. Schließlich waren wir Freunde. Da durfte man sich so etwas auf den Kopf zusagen.

Kurz darauf interessierte sich Magda für Schwarzkamp. Sie gingen miteinander, bestimmt ein gutes Jahr. Dann ließ Magda ihn sitzen, um sich voll und ganz auf die Schule zu konzentrieren.

4. September 1955

Gelbes Haus am Fluss

Nach dem Krieg hatte Frau Nollmann meine Mutter bei sich aufgenommen. Sie hatte ihr ein Zimmer gegeben und später, als ich geboren war, die gesamte obere Etage überlassen. Deshalb wohnten wir in einem gelben Haus am Fluss.

Herr Nollmann war in Sibirien gestorben. Vor dem Krieg hatte er als Lehrer gearbeitet. Sein Arbeitszimmer war eine einzige große Bibliothek. Schon früh hatte mir Frau Nollmann aus seinen Büchern vorgelesen. Vieles verstand ich nicht, hörte aber trotzdem aufmerksam zu. Besonders freute ich mich auf die Geschichten, die vom Reisen erzählten. Die Bilder zeigten tödliche Wüsten und brodelnde Dschungel, geheimnisvolle Inseln und unpassierbare Gebirge. Manchmal brach Frau Nollmann während des Vorlesens in Tränen aus. Still wartete ich dann ab, bis sie wieder ihre Stimme fand.

Später, als Frau Nollmann den Schlag bekam und das Bett nicht mehr verlassen konnte, habe ich ihr aus der Bibliothek ihres Mannes vorgelesen.

Von der Schule bis zu unserem Haus am Fluss war es ein weiter Weg. Noch weiter war es bis zur Dreieckssiedlung, die am anderen Ende der Stadt lag. Trotzdem wollte mich Magda nach der Schule jedes Mal zum Fluss begleiten. Erst lachte ich sie aus, sagte, dass sie so ja Stunden bräuchte, um nach Hause zu kommen. Sie sagte, wenn es nach ihr ginge, könne es auch Tage dauern. Und weil sich Magda nicht davon abbringen ließ, zuckte ich die Schultern und ließ es zu.

Auf unseren gemeinsamen Spaziergängen sprachen wir über alles Mögliche; die Lehrer, die anderen Kinder, die Alten und die Bauern, über Bücher und das Wetter, wir erzählten Witze weiter, Gruselgeschichten, Geschichten, die irgendwann irgendjemandem geschehen und irgendwo irgendjemandem zufällig zu Ohren gekommen waren. Wenn uns nichts mehr einfiel, warfen wir Steine ins Wasser oder zählten die Vögel am Himmel. Immer wiederholte Magda, was wir am Tag in der Schule durchgenommen hatten. Mir ging das mitunter stark auf die Nerven. Andererseits war das wohl der Grund, weshalb ich die Schule überhaupt schaffte.

Erreichten wir das gelbe Haus am Fluss, kamen uns plötzlich noch zehntausend Dinge in den Sinn, die wir unbedingt besprechen mussten. Erst danach verabschiedeten wir uns. Ich hob die Hand und ging ins Haus. Magda blieb für Minuten vor dem Haus stehen, als warte sie auf etwas. Ich habe sie einmal gefragt, was das sei.

»Weiß nicht«, sagte sie nach einer langen Pause, »manchmal muss man einfach warten.«

8. Juli 1978

Im Schatten

Der Tag war trocken und heiß. Davon war in der kühlen Friedhofskapelle nichts zu spüren. Die Menschen saßen in schwarzer Kleidung, hielten die Hände gefaltet, flüsterten miteinander, maßen die Anwesenden mit Blicken, erinnerten sich.

Ich hätte nicht hier sein sollen. Ich hätte mich um Kirsten kümmern sollen, um unser ungeborenes Kind, all die tausend Dinge organisieren sollen, die ein so außergewöhnliches Ereignis wie der Beginn eines neuen Lebens mit sich bringt.

Stattdessen war ich in der Kapelle. Am Telefon hatte meine Mutter erzählt, dass Magdas Mutter gestorben war. Die Trauerfeier sei am nächsten Tag. Außerdem hätte Magda sich von Brandtmeier, ihrem Mann getrennt. Bestimmt wüsste ich längst Bescheid.

Ich wusste nichts. Aber ich packte sofort, versuchte Kirsten die Notwendigkeit meiner Abreise zu erklären und fuhr, trotz ihrer lauten Einwände, noch am selben Abend los.

Als die Trauergemeinde aus der Kapelle zog, hielt sich Magda bei ihren Brüdern und deren Familien. Wir liefen zu einer Wiese. Dort lag schon der Vater, dort lag schon die Großmutter, jetzt würde die Mutter auch dort liegen. Grabsteine standen auf der Wiese keine. Niemand konnte sagen, wer hier begraben war. Allein die Erinnerung gab darüber Auskunft.

Unweit schlug eine Glocke. Magda schüttelte Hände, nahm Umschläge entgegen, reagierte auf Beileidsbekundungen. Joseph, Magdas jüngerer Bruder, kam zu mir, fragte, wie es mir ergangen war. Ich nannte einige willkürliche Begebenheiten, anhand derer er sich einen Reim auf mich machen sollte. Er nickte, als würde er verstehen.

Während wir gesprochen hatten, war Magda zusammen mit Sandra von der Wiese verschwunden. Ich suchte nach ihnen. Lief den Friedhof ab, kam dabei an den Gräbern von Frau Nollmann, Rektor Böhner und Schwarzkamp vorbei. Schließlich, an der hinteren Mauer, dort, wo die Pappeln standen, entdeckte ich beide. Ich setzte mich zu Magda auf die Steinbank. Sandra spielte vor uns im Gras mit einem Plastikpferd.

Wir sprachen nicht. Die falschen Worte waren schon gefunden, richtige gab es noch nicht.

Da schlang Magda die Arme um mich. Ihr Gesicht neben meinem, spürte ich Tränen auf unser beider Wangen. Ich spürte, wie sich ihre Lippen öffneten und wie sie meine suchte und fand, wie sich ihr Atem mit meinem mischte. Wie wir uns küssten.

»Nein«, sagte ich nach vielen Sekunden.

Vorsichtig schob ich sie von mir.

»Ich werde Vater.«

Ich erzählte von Kirsten, von unserer gemeinsamen Wohnung, von den Plänen, die wir hatten.

»Es wird ein Junge. Ich möchte endlich mal was richtig machen.«

Magda rückte von mir ab.

»Und du?«, fragte ich, »Was wird mit dir?«

Weil sie nicht antwortete, fuhr ich fort.

»Ich habe Brandtmeier nie gemocht. Er war ein schlechter Mensch.«

»Was sagst du da?«, fuhr mich Magda an, unerwartet laut, unerwartet heftig. Erschrocken schaute Sandra zu ihrer Mutter.

»Brandtmeier. Er war nicht gut für dich.«

»Was denkst du, wer du bist?«

Ein Blick, wie sie mir noch keinen zugeworfen hatte, ein Blick, der mir alle Schuld der Welt gab.

»Wenn du das alles so genau weißt, warum hast du mir das dann nie gesagt?«

»Hab ich doch. Nur ...«

»Nichts hast du gemacht. Niemals was. Bist immer abgehauen. Du bist genauso schlecht wie er.«

»Es tut mir leid«, sagte ich leise, meinte damit mehr als den Tod ihrer Mutter, mehr als alles andere.

Ich stand auf.

»Ich muss jetzt gehen.«

»Siehst du? Das meine ich.«

Magda griff nach meiner Hand.

»Bleib noch. Wenigstens du.«

Sie sah mich an, und Sandra uns. Und so blieb ich mit Magda im Schatten der Pappeln, bis es Nachmittag wurde, bis ich am Abend fuhr. Ohne Magda fuhr ich.

25. November 1999

Romméabende

Wir lebten in der gleichen Stadt, waren in einem ähnlichen Alter, teilten viele Interessen, kamen miteinander aus – unsere regelmäßigen Romméabende folgten also einer zwingenden Logik.

Jeden Mittwoch trafen wir uns. Dann kochten wir, aßen, tranken Wein, diskutierten und spielten einige Partien. Die Rollen waren ideal besetzt: Magda war mit Georg glücklich, ich mit Helen. Daran konnte kein Zweifel bestehen. Ein Licht flammte in Magdas Augen auf, wenn sie zu Georg sah. Sie küsste ihn ohne Anlass, ahnte seine Wünsche im Voraus, setzte alles daran, ihm ein gutes Leben zu verschaffen. Und er tat das Gleiche für sie.

Georg war ein stiller Mensch, jemand, der nachdachte, bevor er sich zu einer Bemerkung hinreißen ließ, einer, auf dessen Wort man zählen konnte. Er arbeitete in der Stadtverwaltung und war handwerklich geschickt. Sein Interesse galt der Kunst. Magda und er besuchten oft Ausstellungen, zweimal im Jahr fuhren sie weg, um fremde Städte zu erkunden.

Georg mochte kein Rommé. Mir war es ähnlich gegangen. Doch hatten wir der Begeisterung von Magda und Helen nichts entgegenzusetzen. Sie hatten den allwöchentlichen Abend ins Leben gerufen, sahen bald unser Treffen als unbedingt notwendiges Ritual. Im Laufe der Zeit hatten wir uns damit abgefunden und – wie Georg und ich irgendwann feststellten – nicht nur Frieden mit dem Rommméspielen geschlossen, sondern hatten mittlerweile auch den Ehrgeiz entwickelt, einige Partien zu gewinnen.

Die Liebe war gleichmäßig verteilt, vielleicht sogar gerecht. Trotzdem lauerte ich auf Momente, in denen Magda heimlich ihren Blick bei mir ließ, in denen sie sich in alten Bildern verlor, in denen sie von früher erzählte, von mir erzählte; wie sich ihre Stimme dann veränderte, wärmer wurde, aufgeregter, wie sie mich umarmte und diese Umarmung mehr bedeuten musste.

Ich fragte mich, ob sich Sehnsüchte verlieren konnten. Sollte es Magda, sollte es mir möglich sein, die frühen Tage als vergangen zu begreifen, konnten wir zweifelsfrei ausschließen, dass die Vergangenheit nicht auch die Gegenwart berühren musste?

Doch das waren wir: zwei Paare, jeweils vereint im eigenen Glück. Etwas anderes anzunehmen, wäre unredlich gewesen.

1. Juli 1990

Neuland

Ende April rief Anschütz an. Ich war überrascht; lange schon hatten wir nichts mehr voneinander gehört.

»Da ist ein heftiges Ding im Anmarsch, ganz groß wird das. Schon mal was von der Treuhand gehört?«

Hatte ich nicht. Sollte ich aber bald.

Ich hatte keine Ahnung, wie Anschütz ausgerechnet auf mich gekommen war, wusste nicht, weshalb er sich überhaupt in einer Position befand, die ihn zu solchen Entscheidungen befähigte. Letztlich war mir das gleich. Wichtig war, dass ich endlich wieder etwas zu tun haben würde.

Die nächsten Monate fuhren wir durchs Land. Wir besichtigten marode Fabriken, überdimensionierte Hallen, heruntergekommene Werke. Man begegnete uns mit Angst, mit Wut, mit Hoffnung.

Auch wenn wir unablässig arbeiteten, hatten wir das Gefühl, nur einen Bruchteil der Aufgaben bewältigen zu können. Vor uns waren oft schon andere aufgetaucht; Vertreter bedeutender Konzerne, Banker, halbseidene Geschäftemacher. Alle redeten von der neuen Zeit und welche Anforderungen diese stellte, redeten von einem System, das dem anderen überlegen war, der Untergang des Sozialismus hätte es bewiesen.

So weit ich das beurteilen konnte, versuchte Anschütz nach bestem Gewissen zu vermitteln. Es war nicht einfach; von vielen Seiten war er enormem Druck ausgesetzt. Vor allem aber drängte die Zeit. Mit jedem Tag, den wir verstreichen ließen, wurden die Aufgaben schwieriger, das Geld weniger, die Schulden größer. Etwas musste sich ändern. Nur war nicht auszumachen, wer diese Veränderung mit welchen Interessen anging.

Eines Tages kamen wir in eine kleine Stadt, deren Berge rot waren. Dort wollten wir eine Spinnerei begutachten. Als wir das Büro des Verantwortlichen aufsuchten, stand uns überraschenderweise Rottmann gegenüber.

Rottmann schien ein anderer Mensch zu sein. Er hatte seine Unruhe verloren, das unheilvolle Feuer, das ihn von innen aufzehrte. Erfreut gab er mir die Hand, begrüßte auch Anschütz zuvorkommend. Zuerst sprachen wir von früher, von der Zeit des Studiums, erinnerten uns an gemeinsame Erlebnisse, lachten darüber. Danach erst wurde es geschäftlich.

Rottmann lud uns zum Abendessen ein. So lernte ich seine Frau kennen, seine beiden Kinder. Es war offensichtlich, dass sie glücklich waren, zusammen an diesem Ort.

Rottmann erzählte, wie er Ende der 70er-Jahre auf einem Kongress seine Frau getroffen hatte und ihr zuliebe übergesiedelt war.

»Die beste Entscheidung meines Lebens. Hier habe ich Frieden gefunden.«

»Es war schön, dich zu treffen«, meinte er beim Abschied. »Wirklich schön. Wir sollten vergessen, was war. Und neu beginnen.«

23. Juli 1985

Fragen an meinen Bruder

Mein Bruder, wer bist du?

Wie kann es sein, dass du am selben Tag wie ich geboren wurdest?

Wie war es, einen Vater zu haben?

Hat er dir jemals erklärt, weshalb er sich gegen meine und für deine Mutter entschieden hat?

Wie war eine Kindheit in Amerika?

Hast du Baseball gespielt, in einem Baumhaus gesessen, Mäusespeck über dem Lagerfeuer geröstet?

Hast du Ameisen mit der Lupe verbrannt?

Hast du den Mädchen Küsse gestohlen?

Den Jungen?

Oder war alles vollkommen anders als jede meiner Vorstellungen?

Hast du dich nach der Welt gesehnt?

Wolltest du sie ändern?

Und falls ja, willst du das noch?

Und wenn nicht, warum nicht mehr?

Was bringt dich zum Tanzen?

Warst du je auf einem Konzert der Beatles?

Was ist der schönste Ort, den du jemals besucht hast?

Was war das Beste, was andere jemals für dich getan haben?

Und du für sie?

Was hast du gelernt?

Was weißt du noch davon?

Wer war deine erste Liebe?

Wer ist deine große Liebe?

Hast du sie verloren?

Hast du geliebt?
Was schnürt dir die Kehle zu?
Hast du deine Angst besiegt?
Was bringt dich um den Verstand?
Hast du Geld gemacht?
War dir das wichtig?
Was war dir wichtig?
Hast du alles Wichtige getan?
Was hast du verschwendet?
Und was davon bereust du nicht?
Wann warst du im Rausch?
Wann hast du verletzt?
Dich?
Andere?
Und warum?
Würdest du dich heute entschuldigen?
Was ist dein Stolz, was deine Schande?
Hast du etwas geschaffen?
Wann warst du hilflos?
Wann hast du aufgegeben?
Bist du je ein Risiko eingegangen?
War das Scheitern schlimm?
Woran hast du geglaubt?
Glaubst du noch daran?
Falls nicht, warum nicht?
Magst du Filme, magst du Bücher?
Fürchtest du dich vor den Enden von Geschichten?
Was denkst du, wenn du die alten Fotos siehst?
Und was bei den neuen?
Warum hast du mir geschrieben?
Mein Bruder, wer bist du?

Das Flugzeug hinter mir, stand ich auf dem Rollfeld. Vor mir lag Amerika, das riesige Land. Mein Kopf war voller Fragen, die ich meinem Bruder stellen musste. Allein deshalb war ich hier. Für den Fall, dass ich keine Antworten bekommen sollte, hatte ich Huck bei mir.

18. August 1988

Nach dem Stau

Seit Kurzem arbeitete ich als Museumswärter. Das war keine schlechte Sache; Geld kam rein, die Anstrengungen hielten sich in Grenzen, und stundenlang konnte ich vor Objekten stehen und überlegen, ob diese Kunst waren. Gerade sollte ich für einen erkrankten Kollegen einspringen und war deshalb nach Köln unterwegs.

Als ich in einen Stau geriet.

Bald schon war klar, dass sich so schnell hier nichts bewegen würde. Karosserien blitzten in der Sonne. Scheinbar endlos erstreckte sich die Schlange zur Untätigkeit verdammter Fahrzeuge, jedoch mindestens bis zum Horizont. Dort musste auch die Autobahn enden.

Menschen schalteten Motoren ab und stiegen aus ihren Wagen. Sie sprachen miteinander, sammelten Informationen oder schimpften. Die Situation formte eine vorübergehende Gemeinschaft, begünstigt durch das Drama, welches das Land seit zwei Tagen in Atem hielt. Mit maximaler Lautstärke überschlugen sich die Stimmen der Moderatoren in den Radiostationen. Voller Begeisterung ließen sie sich von den aktuellen Ereignissen mitreißen und gaben fiebrig den Stand der Geiselnahme durch: vorgestern Gladbeck, gestern Bremen, heute Köln. Tote hatte es auch schon gegeben. Vielleicht war das ein Hinweis auf die Ursache des Staus. Aber ich hatte nicht vor, weiter darüber nachzudenken.

Stattdessen wollte ich hinaus. Ich lief die Wagenschlange entlang. Mir wurden Zigaretten angeboten, Gespräche und Wasserflaschen. Dankend lehnte ich ab.

Dann sah ich ein kleines Mädchen. Sie hockte auf der Straße und malte mit Kreide auf den Asphalt: Einen Wal hatte sie gezeichnet, der zwischen Sternen flog, dazu eine seltsame Chimäre aus Vogel, Wolf und Bär, die Monster sein konnte oder Schutzgeist. Im Auto neben ihr saßen zwei Erwachsene, ein Mann und eine Frau. Durch die geschlossenen Scheiben hindurch hörte ich lauten Streit.

Ich stellte mich zu dem Mädchen und betrachtete ihre Zeichnungen. Nach einer Weile schaute sie auf. Mit der Hand schirmte sie ihren Blick von der Sonne ab und sagte: »Ich bin eine Zauberin. Ich kann deine Wünsche herbeizaubern.«

Das interessierte mich. Das Mädchen bedeutete mir, Platz zu nehmen. Ich setzte mich zu ihr auf die Autobahn. Aus einem Plastikbeutel holte sie ein taubenblaues Kreidestück, mit dem sie mir einen Kreis auf die Stirn malte. Sie wies mich an, die Augen zu schließen.

Ich schloss die Augen. Das Mädchen sagte Worte in einer Sprache, die ich nie zuvor gehört hatte. Sie strich über meinen Arm, klopfte auf meinen Kopf. Etwas Nasses sauste an mir vorbei. Offenbar hatte das Mädchen über meine Schulter gespuckt.

»So«, sagte sie, »jetzt wird dein Wunsch wahr.«

Dabei hatte ich mir seit vielen Wochen nichts mehr gewünscht, hatte versucht, mir jede Hoffnung zu versagen. Hatte Huck aus meinem Kopf verbannt, meinen Bruder, die dunkle Reise durch Amerika. Nur auf Kunst in Kunstausstellungen hatte ich mich konzentriert. Sowie auf Geld. Aber Geld ist kein Wunsch. Geld ist eine Notwendigkeit.

Niemals mehr würde ich die Gedanken aller Menschen erfahren können. Ihre Geheimnisse, ihre Sehnsüchte würde ich mir von nun an nur vorstellen können. Huck würde verschwunden bleiben und mit ihm jede Möglichkeit, in andere Leben zu blicken.

Und seltsam: Damit war ich einverstanden. Und nicht nur das – mir erschien es gerecht. Eine Erleichterung. Ich musste mich nicht länger mit den Gedanken anderer herumschlagen, musste mir dazu keine Meinung bilden, Entscheidungen treffen, eingreifen und Aktionen einleiten. Mir war eine Last genommen, mir stand es frei, einen neuen Weg einzuschlagen, stehen zu bleiben oder zurückzukehren. Niemand war an meiner Seite, und deshalb war nichts ausgeschlossen.

Eine feuchte Hand rieb über meine Stirn und wischte das Kreidezeichen weg. Als ich die Augen öffnete, hatte sich das kleine Mädchen schon wieder über den Asphalt gebeugt und sich in ihre Zeichnungen vertieft.

Später fuhren die Autos aus unersichtlichen Gründen wieder an. Der Stau löste sich auf. Ich stieg in meinen Wagen, trat aufs Gas und fuhr los, endlich dem Horizont entgegen.

7. Januar 2008

Der Schrank

Der Schrank machte mich wahnsinnig. Aus fünf Türen bestand er; eine große mittig und jeweils zwei kleinere an beiden Seiten. Nur war die äußere rechte Tür deutlich breiter als die äußere linke Tür. Und trotzdem war der Schrank von der Mitte aus gesehen zu beiden Seiten hin genauso lang. Ich hatte nachgemessen, mehrmals und gründlich.

Wieder starrte ich auf den Schrank, zwang ihm meinen Blick auf, wie in einem Duell am Ende eines Western. Dabei sollte ich im Gemeinschaftsraum eigentlich ein Seidentuch bemalen. Ein frisches Tuch war auf einen Rahmen gespannt, Farben standen auf dem Tisch bereit, daneben Pinsel in unterschiedlichen Größen. Ich konnte jederzeit damit beginnen.

Einmal gemalt, würden die Ärzte das Tuch einkassieren. Sie würden es routiniert auswerten; die Wahl der Farben ebenso analysieren wie das von mir gewählte Motiv, würden anhand des Seidentuchs meine emotionale Verfassung einschätzen, einen Bericht schreiben und diesen zu den anderen Berichten heften.

Im Laufe der letzten Wochen hatte mein Zustand einiges an Papier produziert. Oder waren es Monate? Schon Jahre? Im Hospital der barmherzigen Schwestern ging Zeit spurlos verloren. Vergangenheit existierte ebenso wenig wie Zukunft. Nur einen bis in das kleinste Detail durchorganisierten Ablaufplan gab es, ausgerichtet auf das eine Ziel, den Patienten zu kurieren. Doch bevor sie mich kurieren konnten, mussten sie erst herausfinden, woran ich litt. Ich hätte ihnen die Mühen ersparen können: Da war nichts. Da war nur die Vermutung der anderen.

Im Bastelraum wurde es unruhig. Gustav, einer der wirklich bedauernswerten Fälle, hatte ein Saftglas auf den Boden geworfen. Rasch breitete sich eine rote Pfütze auf dem Linoleum aus. Fast jeden Nachmittag bekam jemand einen Anfall. Da halfen auch Neudosierungen kaum. Anfälle waren die einzige Möglichkeit, den Ablaufplan zu stören.

Ich entschied, Gustav zu ignorieren. Alles und jeden zu ignorieren. Nur zu reagieren, wenn Reaktionen erwartet wurden, schien mir eine brauchbare Strategie zu sein. Deshalb war ich bemüht, keinen Argwohn zu erregen. Schluckte anstandslos die Medikamente, die sie mir verschrieben. Beantwortete ihre Fragen besonnen. Setzte mich einsichtig in die Gesprächsgruppen. Begab mich freiwillig in Therapien. Stellte mich mutig meinen Ängsten. Führte regelmäßig ein Tagebuch, in dem ich Episoden meines Lebens notierte, sodass sie darin finden konnten, was sie lesen wollten. Das alles tat ich mit der einen Absicht: das Hospital so schnell wie möglich zu verlassen. Auch wenn Zeit hier nicht existierte, hieß das nicht, dass draußen die Uhren stehen blieben.

Draußen waren sie. Meine Mutter. Samuel, seine Freundin, die Doktorin. Sandra. Selbst Kirsten hatte unterschrieben. Sie hatten mich an diesen Ort gebracht. Hatten so oft betont, wie sehr sie alle um mein Wohlergehen besorgt wären. Wie gut mir eine Auszeit täte. Dass dies zu meinem Besten geschähe. Dabei erklärten sie mein Leben für haltlos. Zweifelten, wo es nichts zu zweifeln gab. Stellten infrage, was ich war und getan hatte.

Und Magda. Sie hätte Widerspruch einlegen müssen. Sie hatte es nicht getan. Sie hatte mich verraten, die größte Enttäuschung von allen.

Von der Wut schrieb ich nicht in meinem Tagebuch. Die Wut war nicht auf den Seidentüchern zu sehen, nicht in den Gesprächen zu hören. Die Wut behielt ich für mich, auch die Leere, die neben sie getreten war. Das absolute Nichts, das mich umfing und zersetzte, mit dem ich mich und mein Leben schützte vor ihrem Zugriff.

Wenn ich das Hospital verlassen würde, würde ich mich fern von ihnen halten, würde sie nicht mehr zu mir lassen. Stattdessen würde ich beweisen, dass es mein Leben so gegeben hatte, wie ich es ihnen erzählte. Ich würde die Puzzleteile zusammenfügen und ihnen das komplette Bild zeigen, von Obsidian, meinen Reisen, von Huck, unwiderlegbare Tatsachen präsentieren, sodass sie ihren Irrtum eingestehen und mir gegenüber Buße tun mussten.

Das war die Mission. Um später die Beweise sammeln zu können, würde ich heute Erwartungen entsprechen. Das Seidentuch zu bemalen war ein Schritt dahin. Deshalb würde ich auch diese Aufgabe sorgsam erledigen.

Gäbe es diesen Schrank nicht. Fünf Türen, die äußere rechte deutlich breiter. Der Schrank ließ mir keine Ruhe. Ich stand auf, lief zum Schrank, öffnete ihn. Nahm ein Lineal, vermaß ein weiteres Mal. Niemand sah auf. Wie an jedem Nachmittag im Hospital der barmherzigen Schwestern.

18. Oktober 1974

Der freigiebige Banker von Gravenhurst

Nach zwei Wochen in Gravenhurst stand fest: Dieses Städtchen musste der langweiligste Ort der Welt sein. Hier geschah einfach nichts; früh gingen die Menschen zur Arbeit, am Abend kehrten sie zurück, und dazwischen verging Zeit. Doch da mein Mandat für Obsidian mich hier hielt, versuchte ich das Beste aus meinem Aufenthalt zu machen.

So schloss ich Bekanntschaft mit Dr. Newhawk, einem leicht exzentrischen Arzt, der seine Praxis gegenüber meiner Unterkunft betrieb. Er hatte nur wenige Patienten, weshalb ich oft in seinem Behandlungszimmer saß und von ihm allerlei Wissenswertes über medizinische Kuriositäten erfuhr.

Eines Tages lud mich Newhawk in die Stadthalle ein. Für den Abend hatte sich *The Magnificent Hobson* angekündigt, ein fahrender Zauberkünstler, der laut Plakat eine nie gesehene Hypnoseshow darbieten wollte. Da mir jede Abwechslung recht war, sagte ich zu.

Offenbar bestand in Gravenhurst ein starkes Bedürfnis nach Zerstreuung. Der Veranstaltungsraum hatte sich gut gefüllt, und wie mir Newhawk versicherte, waren die wichtigen Persönlichkeiten der Stadt erschienen.

Wie *The Magnificent Hobson* die Bühne betrat, beeindruckte er mich kaum. Er sprach viel und tat wenig Spektakuläres. Die Gravenhurster schienen dennoch begeistert. Als er nach Freiwilligen fragte, hoben sich viele Hände. Hobson entschied sich für einen schmalen Mann mit Anzug und dünner Brille. Newhawk erklärte mir, dass dies Mr Whitman sei, welcher der örtlichen Bank vorstände.

The Magnificent Hobson ließ Mr Whitman auf einem Stuhl Platz nehmen. Er erkundigte sich nach Mr Whitmans Beruf und fragte, ob dieser bereit sei für eine außergewöhnliche Erfahrung. Mr Whitman nickte zustimmend. Im Publikum wurde neugierig geraunt, erwartungsvolles Gelächter war zu hören.

Nun bedeckte Hobson mit seiner linken Hand das Gesicht von Mr Whitman. Er flüsterte ihm einige Worte zu und zog gleich darauf die Hand weg. Whitmans Kopf sackte nach vorn. Die Gravenhurster hielten den Atem an.

The Magnificent Hobson wandte sich an das Publikum.

»Sie werden nun Zeuge sein«, sprach er, »wie der feine Mister Whitman, seines Zeichens fleißiger und ehrenwerter Bankvorstand, beginnen wird, seine Habseligkeiten in einem Zustand größter Güte zu veräußern.«

The Magnificent Hobson schnipste mit dem Finger. Mr Whitman erwachte wie aus einem tiefen Schlaf.

»Nun, Mister Whitman«, rief Hobson, »verschenken Sie, was Sie haben.«

Ohne Zögern erhob dieser sich vom Stuhl und stieg von der Bühne hinab zu den Menschen in der Halle. Er schnallte seine Armbanduhr ab und überreichte sie dem Bürgermeister. Aus seinem Anzug zog er ein vergoldetes Zigarettenetui und übergab es der Frau des Rechtsanwalts. Er öffnete seine Geldbörse und verteilte die Scheine an die Sitzenden in der zweiten Reihe. Dann begann er, an seinem Gürtel zu nesteln und aus der Hose zu schlüpfen.

Gebannt starrten die Gravenhurster auf ihren Bankvorstand. Deshalb bemerkten sie nicht, wie *The Magnificent Hobson* neben der Bühne zusammengesackt war, die Hand am Herzen. Es war Dr. Newhawk, der aufsprang und zu Hobson stürzte, auf dessen Brustkorb drückte und ihn beatmete. Im Publikum brach Panik aus. Einige suchten entsetzt das Weite, andere umringten den Doktor und den Zauberkünstler, wieder andere waren unfähig sich zu rühren. Schließlich schüttelte Newhawk den Kopf. *The Magnificent Hobson* war tot.

In den nächsten Tagen nahm mich mein Mandat wieder in Beschlag. Ich reiste zum Muldrew Lake und kam dort meinen Pflichten nach. Als ich nach Gravenhurst zurückkehrte, suchte ich sogleich Dr. Newhawk auf. Er hatte Erstaunliches zu berichten.

The Magnificent Hobson hätte einen Herzanfall erlitten, keine ungewöhnlichen Begleitumstände wären festzustellen gewesen. Dafür verwunderte Mr Whitmans Verhalten. Gleich am nächsten Morgen hätte er den Safe seiner Bankfiliale geöffnet und die Angestellten angewiesen, die dort gelagerten Geldnoten zu verteilen. Die Angestellten hätten daraufhin die Polizei gerufen, welche wiederum Mr Whitman umgehend zu ihm, Dr. Newhawk, gebracht hätten.

»Ich konnte nichts Auffälliges feststellen. Seine Werte lagen im normalen Bereich, er befand sich nicht in einem Zustand von Verwirrung, sondern war bei klarem Verstand und sich der Konsequenzen seines Handelns bewusst. Allerdings bestand er nach der Untersuchung darauf, dass ich seine Kleidung als Geschenk behielt. Und so kam mir der Abend mit Hobson in den Sinn. Ich schlussfolgerte: Offensichtlich befand sich Mister Whitman noch immer unter dem Einfluss der Hypnose und damit im Bann der Worte, die ihm Hobson auferlegt hatte.«

»Verschenken Sie, was Sie haben«, raunte ich.

»Ja, und wer weiß, was ihm dieser Hobson zuvor noch eingeflüstert hat. Es scheint, als wurde durch Hobsons unerwarteten Tod Mister Whitman nicht aus der Trance zurückgeholt.«

»Aber ist das denn möglich?«

»Eigentlich nicht«, sagte Dr. Newhawk, »eigentlich sollte der Hypnotisierte in einen tiefen Schlaf fallen, aus dem er üblicherweise bannfrei erwachen und jegliche Erinnerung an die Hypnose verloren haben sollte. Aber in diesem Fall gestaltet es sich wohl durchaus komplexer. Mister Whitman leidet an Epilepsie und nimmt daher Medikamente, die bestimmte neuronale Effekte verstärken. Offensichtlich intensivieren diese Medikamente die Auswirkung der Hypnose und verhindern deren Aussetzen. Vielleicht ist dieser Effekt irreversibel. Es wäre durchaus möglich …«

Er sah mich begeistert an.

»… ich möchte nicht ausschließen, dass sich Mister Whitman niemals mehr dem Einfluss der Hypnose wird entziehen können. Dann bliebe er auf ewig ein freigiebiger Banker.«

Dr. Newhawk kicherte.

»So etwas hätte die Welt noch nicht gesehen.«

Gleich darauf musste der Doktor aufbrechen. Er wurde im Haus von Mr Whitman erwartet, wo er weitere Untersuchungen vornehmen sollte. Mrs Whitman war verständlicherweise in großer Aufregung angesichts der gravierenden Persönlichkeitsveränderung ihres Mannes.

Mir blieb ein Tag bis zur Abreise. Weder Dr. Newhawk noch Mr Whitman bekam ich noch einmal zu sehen. Später suchte ich Kontakt zu dem Doktor. Doch er schrieb mir nur kryptische Zeilen zurück: »Alles beim Alten. Der Banker bleibt freigiebig. Das ist nicht Sinn der Sache. So hüten Sie sich vor dem Bann gefährlicher Worte.«

1957

Ein Henry

Mein Name, dachte ich, mein Name klingt wie eine Krankheit. Vasja Symalla. Damit komme ich nicht durchs Leben. Also beschloss ich, mir einen neuen Namen zuzulegen.

Die Frage war: Wer sollte ich sein? Der Name zählt, er steht am Anfang von allem. Sein Klang entscheidet. Ein Name sollte nicht leichtfertig gewählt werden.

Zuerst hatte ich ein schlechtes Gewissen. Schließlich musste sich meine Mutter bei meiner Namensgebung etwas gedacht haben. Auch wenn ihre Aussagen dazu einander widersprachen. Nur mit dem Ergebnis war ich nicht zufrieden. Nicht sie, sondern ich würde diesen Namen für alle Zeiten tragen müssen. Also musste es auch mir zustehen, über ihn zu verfügen.

Der Unterschied zu meinem alten Namen sollte so groß wie möglich sein. Gewissermaßen das Gegenteil von Vasja. In dieser Zeit sah ich oft Filme mit Henry Fonda. Einige verstand ich, andere nicht. Aber besonders hatte es mir *Jesse James, Mann ohne Gesetz* angetan. Darin ging es um zwei Brüder, die gegen die Ungerechtigkeit kämpften. Der Film war brutal, es wurde viel geschossen, einer der Brüder starb, ermordet von einem Feigling. Henry Fonda überlebte. Das wollte ich auch. Überleben.

Deshalb stand fest: Von nun an sollte ich Henry heißen. So entschlossen ich meine eigene Umbenennung durchdacht hatte, so entschlossen verkündete ich sie auch. Ich wurde verspottet, ignoriert, sogar geschlagen. Aber ich beharrte auf Henry, zog das durch. Schließlich ging es doch darum, anderen das Bild, das man von sich selbst hatte, als Gedanken in den Kopf zu pflanzen. Damit es wachsen konnte. Und mit was anderem sollte dieses Bild beginnen als mit einem Namen?

Mein Name sei Henry Sy.

31. Dezember 1982

Der Zauberwürfel

Ich stand an der Straße und hielt einen Zauberwürfel in den Händen, als neben mir eine schwarze Limousine hielt. Ein Auftrag hatte mich in die Nähe der Schorfheide geführt. Dafür hatte man mir Papiere besorgt, die mir in der DDR eine andere Identität verliehen. Wurde ich angesprochen, gab ich mich als Vertrauter des bayerischen Ministerpräsidenten aus. Die bevorstehenden Verhandlungen öffneten mir wichtige Türen. So konnte ich unbehelligt meiner Mission nachgehen. Nun wartete ich auf meine Kontaktperson und vertrieb mir die Zeit, indem ich versuchte, die Farbflächen auf jeder Seite des Würfels anzupassen.

An der Motorhaube des langen Citroëns waren kleine schwarz-rot-goldene Fahnen mit Hammer und Zirkel angebracht. Die hintere Scheibe fuhr herunter, und das Gesicht Erich Honeckers tauchte auf. Er blickte nicht zu mir, er blickte auf den Würfel.

»Was ist das?«

Ich hielt ihm den Würfel hin. Sofort griff er danach.

»Und Sie«, sagte er, »Sie kommen mit.«

Die Scheibe fuhr hoch. Aus einem zweiten Citroën, der in einigem Abstand geparkt hatte, stieg ein kräftiger Mann. Ohne ein Wort zu sagen, begann er mich zu durchsuchen. Er klopfte die Taschen auf Verdächtiges ab, warf einen Blick in meinen Pass, durchwühlte den Aktenkoffer. Als ich die Kontrolle bestanden hatte, durfte ich in die Limousine steigen.

Vorn saß der Chauffeur, hinten saßen Honecker und ich. Honecker hatte schon begonnen, am Zauberwürfel zu drehen, wenig erfolgreich, wie die Farben zeigten.

»Wer sind Sie?«, fragte er ohne aufzuschauen.

Ich nannte meinen falschen Namen.

»Sie sind nicht von hier. Das habe ich gleich gesehen.«

Skeptisch sah mich der Staatsratsvorsitzende an.

»Was machen Sie, Mann?«

Rasch überdachte ich meine Optionen. Bei meiner Legende zu bleiben, erschien mir nicht ratsam. Sicher war Honecker die Vereinbarung bekannt, die erst im nächsten Jahr öffentlich gemacht werden sollte. Meine Rolle würde nur zu unangenehmen Nachfragen führen. Also improvisierte ich.

»Ich bin Gärtner.«

Draußen zog die schneebedeckte Landschaft vorbei.

»Ein Gärtner im Winter?«

Eine schlaue Frage. Ich war überrascht, hatte sich mir doch das Bild von Honecker eingebrannt, das jenseits der Grenzen verbreitet wurde: Ein kauziger Alter mit der Mentalität eines Blockwarts, mehr Rentner als Staatenlenker, die brüchige Stimme stets kurz vor dem Überschnappen. Dabei ließ sich der Herrscher eines Landes nie als Karikatur verstehen. Und nun lauerte Honecker mit der Gier eines Raubtiers auf eine Blöße meinerseits.

»Ein guter Gärtner kennt keine Saison.«

Hinter den dicken Brillengläsern blitzte es. Meine Antwort war abwegig. Das hatte er erkannt. Aber etwas musste ihn glauben machen, dass er aus meiner Anwesenheit einen Nutzen ziehen konnte.

»Gut so. Immer wachsam sein«, sagte er und wandte sich wieder dem Würfel zu.

Schnell wollte er zu einem Ergebnis kommen. Ich erinnerte mich, wie Mathematiker Formeln dafür berechnet hatten. Während wir damit beschäftigt waren, die Farben zu drehen, heulte draußen ein Motor. Der Wagen der Personenschützer hinter uns hupte. Neben der Limousine tauchte ein grüner Lada auf. Es war nicht üblich, einen Konvoi zu überholen. Und gewiss nicht in solcher Geschwindigkeit.

Als der Lada neben uns war, konnten wir den Fahrer sehen. Am Lenkrad saß ein großer, mittelalter Mann. In der Hand hielt er eine Waffe.

Abrupt schlug er nach rechts ein. Der Chauffeur von Honeckers Limousine reagierte sofort. Um einen Zusammenstoß zu vermeiden, stieg er in die Eisen. Honecker und ich wurden nach vorn geworfen.

Stille. Unnatürlich. Unwirklich. Bedrohlich. Der Bremsvorgang hatte Honecker die Brille vom Gesicht geschleudert. Seine Augen lagen nun offen vor mir. Und wie er mich ansah. Eben noch ein Mann unerschütterlicher Selbstsicherheit, war ihm diese Sicherheit nun genommen. Denn er begann zweierlei zu verknüpfen: den Mann mit der Pistole im Wagen vor ihm und den fremden Mann mit dem Zauberwürfel neben ihm.

Im Jahr zuvor hatten der Papst und der amerikanische Präsident nur knapp ein Attentat überlebt. Oft starben die mächtigsten Menschen auf dem Höhepunkt ihrer Macht. Vielleicht war das nur folgerichtig. Und vielleicht wurde Honecker in diesem Moment bewusst, dass ausreichend Gründe für ausreichend viele Menschen existierten, die nach seinem Tod verlangten. Hier, jetzt, unter diesen Umständen, musste er mich als Bedrohung sehen. Honecker fürchtete um sein Leben.

Er sah zu mir.

Ich zu ihm.

Die Stille.

Die Angst.

Die Macht.

Meine Macht.

Es können nur Sekunden gewesen sein, bis der Chauffeur aufs Gas trat, dabei leicht das Heck des Ladas touchierte, ansonsten aber erfolgreich die Flucht antrat. Die Beschleunigung drückte uns in die Sitze. Der Moment meiner Macht war vorbei.

Honecker griff nach der Brille, dann nach dem Zauberwürfel. Auf jeder Seite des Quaders waren die Farben nun einheitlich. Erstaunlich. Soweit ich mich erinnerte, hatte keiner von uns die Steine gedreht.

Eine Weile betrachteten wir den Würfel. Und stellten uns die Frage, die sich immer nach dem Erreichen der Perfektion stellte: Sollte die Perfektion belassen werden? Oder sollte man zerstören, um neu zu beginnen?

Wir trafen an diesem Tag keine solche Entscheidung. Stattdessen wies Honecker den Fahrer bald an, das Auto zu stoppen. Er öffnete die Tür, die Geste war eindeutig: Ich sollte gehen. Honecker machte keine Anstalten, mir den Würfel zu geben.

Ich stieg aus. Gleich darauf fuhr die schwarze Limousine an. Die Flaggen flatterten im Silvesterwind. Eine Hand erschien am hinteren Seitenfenster. Der Zauberwürfel flog aus dem Wagen und landete im Schnee. Ich hob ihn auf, wischte den Schnee ab und lief los, verdrehte die Farben.

1966
Studium

Zu dritt gingen wir in die große Stadt. Und auf seine Weise fand dort jeder seine Bestimmung.

Magda hatte ein Ziel. Sie wollte die Uni so schnell und so gut wie möglich abschließen. Dem ordnete sie alles unter. Wenn sie nicht in Vorlesungen und Seminaren war, dann in der Bibliothek. Ansonsten lernte sie in ihrem winzigen Zimmer. Ablenkung gönnte sie sich kaum.

Auch Rottmann versuchte sich zuerst an der Uni. Bald aber geriet er in Gruppen, die seine Überzeugungen teilten und ihn in der Auffassung bestärkten, dass nur extreme Aktionen Reaktionen hervorbringen könnten. Er sonderte sich ab, ein normales Gespräch mit ihm war nicht mehr möglich. Immerzu versuchte er zu überzeugen, zu agitieren, aufzustacheln.

Mich hätte die große Stadt in einen Schockzustand versetzen müssen. Was bisher gegolten hatte, galt nun nicht mehr. So vieles musste ich neu lernen: Wie die Menschen sich zueinander verhielten, was sie liebten, was sie verabscheuten, ihre Ängste, ihre Geheimnisse. All das Wissen, das mir früher geholfen hatte, erwies sich als wertlos. Ich war auf mich allein gestellt.

So hätte ich mich verloren fühlen müssen. Doch das Gegenteil war der Fall. Eine verdrehte, unbekannte Welt lag vor mir, wartete darauf, entdeckt zu werden. Und ich stürzte mich mit absoluter Begeisterung hinein. Anfangs besuchte ich aus einem falsch verstandenen Pflichtgefühl heraus die Vorlesungen und Seminare. Ich ging in Bibliotheken, hörte Rottmanns Deklarationen zu, ließ mich von Magda beim Lernen unterstützen.

Doch das ließ bald nach. Vielmehr verschlug es mich dahin, wo tatsächlich etwas passierte. Und es passierte viel in diesen Jahren. Beinahe täglich wurden ewige Gewissheiten infrage gestellt. Flugblätter, Lieder, Bücher, Manifeste, Parolen – unsagbare Gedanken wurden zu Worten, die sofort andere erreichten und weiterverbreitet wurden. Und als ich schließlich auf Anschütz traf, erübrigten sich sowieso alle selbst auferlegten Beschränkungen.

Was ich aber lernte in dieser Zeit: Menschen ließen sich in verschiedene Gruppen einteilen. Es gab die, die wollten, dass alles blieb wie bisher. Es gab die, die wollten, dass sich etwas änderte. Und es gab die, die eine gute Zeit haben wollten.

Die meisten Menschen ließen sich einer dieser Gruppen zuordnen. Ich brauchte nur einen persönlichen Gegenstand und die Hilfe von Huck, um die Menschen zu erkennen. Wusste ich einmal Bescheid, konnte ich dieses Wissen auch entsprechend nutzen.

Das, fand ich, sollte meine Bestimmung sein.

29. September 1958

Kohlen schaufeln

Vor dem Haus hielt ein mit Kohlen beladener Karren. Jungnickel, der Brikethändler, saß auf dem Bock, die Haut rußig, die grobe Kleidung verdreckt. Er zügelte den Gaul und deutete auf die Kohlen hinter sich.

»Die kann ich in den Keller bringen.«

Magdas Mutter schüttelte den Kopf.

»Nein.«

»Wäre kein Problem.«

Die Mutter zeigte auf eine Stelle nahe des Kellerfensters.

»Dahin.«

Jungnickel zuckte die Schultern und begann mit der Arbeit.

Wir sahen zu, Magdas Mutter, ihre Großmutter, ihr Bruder Joseph, Magda und ich. Eigentlich war ich nur gekommen, um Magda abzuholen. Wir wollten zur Kieferschlucht, wie so oft in den letzten Wochen.

Als Jungnickel einen stattlichen Kohleberg vor dem Haus aufgeschüttet hatte, reichte ihm Magdas Mutter einen Sack Kartoffeln.

»Den Rest gibt's dann nächste Woche.«

Jungnickel packte die Kartoffeln, stieg auf den Bock, legte die Hand zum Gruß an die Stirn und pfiff einmal durch die Zähne.

»Auf geht's, Brauner.«

Der Gaul trabte an, der Karren fuhr los.

Magdas Mutter nahm eine Schaufel, die am Haus lehnte, und gab sie ihrer Tochter. Kein Wort fiel zwischen beiden, überhaupt wurde wenig gesprochen. Es schien, als wäre alles Notwendige schon gesagt.

Mit der Schaufel ging Magda zu dem Haufen. In das Kellerfenster war ein Blech geschoben und sollte als Rutsche dienen. Magda stieß die Schaufel in die Kohlen und schippte eine Ladung auf das Blech. Es rumpelte. Sogleich stieg aus der Tiefe dunkler Staub auf.

Ich sah mich nach einer weiteren Schaufel um.

»Wenn's zwei machen, geht's schneller«, sagte ich.

Magdas Mutter packte fest meinen Arm.

»Nichts machste.«

Sollten wir tatenlos zusehen, wie Magda den Kohleberg allein in den Keller schaufelte? Was war mit ihrem Bruder, was mit mir?

»Doch, ich mach da mit.«

»Nein. Du bleibst.«

Die Stimme der Mutter schneidend. Ich sah zur Großmutter. Sie hatte ein Tuch um ihren Kopf gebunden und es sich tief ins Gesicht gezogen. Keine Regung war zu erkennen. Auch Joseph wartete ab, so, als wäre diese Situation vollkommen selbstverständlich. Joseph ging in die Klasse über mir. Er war kein schlechter Kerl. Viele Tage im Jahr fehlte er, weil er seinem älteren Bruder auf dem Feld helfen musste. Nächsten Sommer würde Joseph die Schule verlassen.

»Das geht so nicht«, sagte ich zu Magdas Mutter.

»Das geht. Das geht immer.«

»Magda schafft das nicht allein.«

»Die muss das lernen. Die muss lernen, allein klarzukommen. Auf euch ist kein Verlass. Ihr haut alle ab. Wie ihr Vater. Wenn's ernst wird, haut ihr ab. Dann ist keiner mehr da, der sich kümmert. Deshalb schaufelt die die Kohlen. Damit die weiß, wie's geht.«

Sie ließ meinen Arm los.

»Die schaufelt die Kohlen. Die Magda. Das ist gut für die.«

»Aber der Joseph und ich, wir können doch …«
»Was willste überhaupt von der Magda?«
»Wir wollen in den Wald.«
»In den Wald, was? Das kenn ich. Was du willst von der. Das weiß ich doch. Und dann schmeißt du die weg. Dann lässt du die allein. Du bist doch wie jeder.«
»Nein. Bin ich nicht.«
Wieder schüttelte Magdas Mutter den Kopf.
»Die schaufelt jetzt.«
Wir standen. Wir schauten zu. Kohlenstück für Kohlenstück schippte Magda aufs Blech. Die Schaufel so groß, viel zu schwer für sie. Nach einigen Minuten wurden ihre Bewegungen fahrig. Die Kraft ließ nach. Und wir schauten zu. Joseph unbeteiligt. Die Großmutter zupfte am Tuch. Der Blick der Mutter fest auf Magda gerichtet.
»Ich mach da jetzt mit«, sagte ich zu Joseph. »Wo ist noch eine Schaufel?«
Der tat, als ginge ihn das nichts an.
»Was ist? Keine Schaufel mehr?«
Ich merkte, wie Magda innehielt.
»Weitermachen«, sagte die Mutter, »da ist noch die Kohle.«
Magda machte weiter. Also trat ich zu ihr, wollte ihr die Schaufel aus der Hand nehmen. Doch Magda klammerte sich daran.
»Ich muss das tun«, flüsterte sie.
»Das ist Irrsinn.«
»Du verstehst das nicht, Henry.«
»Muss ich auch nicht.«
»Lass es mich bitte machen. Bitte.«
Ihr Flüstern ein Flehen.
»Lass sie machen«, sagte die Mutter.
»Bitte«, sagte Magda, »ich muss lernen, für mich allein zu sorgen. Ich muss lernen, alles gut zu machen.«

»Aber …«

Ihre Hand auf meinen Fingern. Ihre Finger öffneten meine Hand. Sie lösten sie von der Schaufel.

»Das ist meine Sache. Bitte.«

Also gab ich die Schaufel frei. Trat drei Schritte zurück und sah zu, wie Magda die Schaufel in die Kohlen stieß. Wartete, bis der Haufen abgetragen war. Dann erst gingen wir in die Kieferschlucht.

24. November 1970

Krankenhaus

Nach Wochen kehrte ich in die Wohnung zurück. Anschütz saß in der Küche. Er fragte nicht, wo ich gewesen war. Das tat er nie. Manchmal erzählte ich etwas, manchmal nicht. Das kam auf die Umstände an. Diesmal waren die Umstände anders. Diesmal sagte er: »Magda ist im Krankenhaus.«

Wegen der Abschlussklausur war Magda zu einem Professor gegangen. Die Note war gut, aber nicht sehr gut ausgefallen, und Magda wollte den Grund dafür erfahren. Was dann geschah, davon gab es verschiedene Versionen.

Der Professor hatte nicht reagiert. Oder arrogant. Oder anzüglich. Jedenfalls hatte Magda eine Diskussion begonnen. Und Magda konnte diskutieren. Wie keine Zweite konnte sie das. Demonstrativ hatte ihr der Professor den Rücken zugedreht. Daraufhin hatte sie wahllos Bücher aus den Regalen gezogen und ins Zimmer geschleudert. Der Professor hatte sie stoppen wollen. Sie hatte ihn angeschrien, er hatte sie umklammert. Sie hatte nach ihm getreten, nach ihm geschlagen, ihn gebissen. Er hatte geblutet. Drei Männer waren nötig gewesen, Magda zu halten. Drei Männer hatten sie zu Boden gezwungen. Dort war sie zusammengebrochen, hatte die Arme um die Knie des Professors geschlungen und ihn angefleht, ihr zu verzeihen. Aber sie bräuchte die beste Note. Man hatte sie ins Krankenhaus gebracht. Verdacht auf Gehirnerschütterung. Eine psychiatrische Untersuchung sollte folgen.

Sofort machte ich mich auf den Weg. Am Empfang gab ich mich als ihr Bruder aus. Gerade als ich ihr Zimmer betreten wollte, legte sich eine schwere Hand grob auf meine Schulter.

»Was soll das?«

Ich drehte mich um. Ein massiger Körper stand vor mir, mit üblen Augen in tiefen Höhlen.

»Was geht dich das an?«

Ich hatte den Mann schon einmal gesehen. Ebenso sah ich, dass ich ihn mit zehn gezielten Schlägen würde fällen können. Ihm hingegen würde ein einziger genügen.

»Du kommst hier nicht rein.«

Wir maßen uns mit Blicken. Keiner blinzelte. Und wahrscheinlich ereilte uns im gleichen Moment die Erkenntnis: Sy auf der einen Seite, auf der anderen Brandtmeier. Als ich Magda vor einiger Zeit in einem Café getroffen hatte, war er bei ihr gewesen.

»Ich besuche Magda.«

»Nein, machst du nicht.«

»Doch, ich bin ein Freund.«

»Und wo warst du dann die letzten Monate?«

Noch immer ruhte seine Hand auf meiner Schulter.

»Du bist kein Freund. Du bist eine Witzfigur aus ihrer Vergangenheit.«

Er führte die Hand vor mein Gesicht. An einem Finger blitzte ein Ring.

»Ich bin ihre Zukunft.«

Er grinste.

»Verlobt sind wir schon. Wenn sie hier raus ist, heiraten wir.«

Ich trat einen Schritt zurück. Wahrscheinlich taumelte ich vielmehr.

»Das würde sie niemals machen.«

Wieder verzog Brandtmeier den Mund.

»Waren bei ihrer Mutter. Was für eine Hexe. In der

Küche ein Käfig mit einem toten Vogel. Stand da. Halb verwest. So ein Gestank. Und die erzählte irres Zeug. Ich wäre der Teufel und nicht gut genug für ihr Goldstück. Ein böser Mann.«

Er spuckte ein Lachen aus.

»Magda hat sich das eine Weile angehört. Dann bin ich laut geworden, hab der Hexe gesagt, was ich von ihr halte, und wir sind abgehauen, haben gleich alles fix gemacht, mit der Heirat und so.«

Im Neonröhrenlicht des Krankenhausflurs schimmerte der Ring unheilvoll. Bevor ich irgendetwas glaubte, wollte ich zu Magda. Wollte von ihr hören, dass alles gelogen war.

»Die liegt da jetzt noch, bis die raus kann. Dann kommt sie zu mir. Ich mach der ein paar Kinder und gut ist. Braucht sie den dämlichen Abschluss nicht.«

Ich drängte mich an Brandtmeier vorbei, hin zur Tür. Ein Arzt kam, fragte, was los wäre.

»Ein Krankenbesuch«, sagte ich.

»Der gehört nicht zur Familie«, sagte Brandtmeier.

Der Arzt betrachtete uns einen Moment. Der Moment genügte mir. Ich schlüpfte an Brandtmeier vorbei ins Zimmer. Magda lag im Bett, die Augen geschlossen, der Körper schmal und schwach unter der Decke. Und wie ich sie da sah, schwor ich, unter allen Umständen zu verhindern, dass Brandtmeier ihr Mann sein würde.

23. Oktober 2002

In Zeitlupe

Jeden Mittwochnachmittag nahm ich den Bus, der mich ans andere Ende der Stadt brachte, einen Strauß Lilien bei mir. Drei Stationen später stieg Magda dazu.

Wir hatten den Weg, der vor uns lag, verinnerlicht, kannten die Straßen und Häuser, kannten die Plätze, Litfaßsäulen, Denkmäler, Schnellrestaurants, die Spielplätze und Ruinen. Und weil wir das alles kannten, weil wir jeden Mittwoch den gleichen Weg fuhren und dabei aus dem Fenster schauten und die Gegenwart mit der Erinnerung verglichen, konnten wir in Zeitlupe die Verwandlung der Stadt bestaunen; die Baustellen, die leeren Schaufenster, die Abrisse, die Neubauten, die Straßencafés, die schreiend bunten Plakate. Nichts blieb, wie es war, und wenn doch, bröckelte irgendwann die Fassade. Und es machte uns unruhig, zu verstehen, dass wir dem nichts entgegensetzen konnten.

Irgendwann kamen wir an. Der Fahrer packte in Butterbrotpapier eingeschlagene Stullen aus und schraubte eine Thermoskanne Tee auf, wartete darauf, dass wir den Bus an der Endhaltestelle verließen, damit seine Pause beginnen konnte.

Draußen war Winter, draußen war Frühling, draußen war Sommer, jetzt gerade war Herbst. Regen hatte die Friedhofsmauer an einer Stelle einstürzen lassen. Spenden wurden schon gesammelt, aber noch waren da nur Trümmer. Wir liefen, bis wir zum schmiedeeisernen Tor kamen.

Das Gelände lag vor uns, hauptsächlich Natur, in der Ferne eine kleine Kapelle. Am Tor trennten wir uns. Magda bog nach links ab, zu Georg, ich ging nach rechts, zu Helen. Später trafen wir uns wieder. Sagten kein Wort, sondern kehrten schweigend zurück zur Haltestelle.

Seit über einem Jahr verbrachten wir jeden Mittwochnachmittag so. Dann aber, an einem Tag im Oktober, legte ich während der Rückfahrt meine Hand auf Magdas Hand und ließ sie dort, bis wir ihre Station passiert hatten, bis wir ausstiegen, an meiner Seite war sie, und zusammen gingen wir und hielten uns, als wären wir endlich das, was wir von Beginn an hätten sein sollen.

23. August 1971

Für H.

Was ich dir schreibe, während du bei mir bist. Nimm diesen Brief für später, als Beweis für uns.

Regen trommelt gegen das Dach, seit Tagen schon. Eine Hütte im Dschungel, nahe eines Flusses, der die Macht hätte, uns hinwegzureißen, fast bis hin zum Meer.

Ich weiß, wie du schmeckst, du weißt es von mir. Draußen stehen Mangobäume. Einmal am Tag rennt jemand von uns hinaus und holt die Früchte. Manche sind vergoren. Wir bräuchten sie nicht, um uns zu berauschen. Wir haben uns.

Wenn du meine wichtigsten Gedanken erraten müsstest, würdest du Gerechtigkeit finden und Zufriedenheit. Vielleicht wärst du mein dritter wichtigster Gedanke, vielleicht bis zum Ende dieser Woche oder so lange wir eben zusammengehören.

Klar sind wir von kurzer Dauer, das allein macht uns nur möglich. Diesen Zustand der Raserei länger als Tage auszuhalten, würde uns endgültig zerreißen. Widerspenstig und maßlos wollen wir sein. Magisch wird, was wir berühren, was wir anatmen, erwecken wir zu Leben. Wir übertragen uns auf alles, was um uns ist, werfen Schatten aus Licht.

Soldaten der Armee kommen vorbei oder Rebellen oder Drogenhändler, das ist nicht eindeutig. Wir verhalten uns still, drücken uns ineinander, ein Herzschlag für zwei. Wie wir uns getroffen haben? Wie wir an diesen Ort gelangt sind, in dieses ferne Land? Worin unsere Absichten lagen, bevor wir uns kannten? Worin sie nun liegen? Ich bin froh, so froh, keine

Antwort mehr auf diese Fragen zu kennen. Was ist, ist nur jetzt.

Dabei möchten wir, dass die Welt sich in uns widerspiegelt, dass die Zeit unsere Spuren tragen wird, als würden wir uns in nassen Zement werfen. Wir wollen nichts bewahren, legen die Gegenwart auf den Prüfstein und opfern sie beim geringsten Zweifel, es könne ihr an Wahrhaftigkeit mangeln. Jede Sekunde soll Legende sein.

Wir könnten in dieser Hütte schlafen, ein Leben lang hier sein. Alles, was wir brauchen, besitzen wir längst. Oder, besser noch, wir brechen auf und brennen die Welt in einem Feuersturm zu Asche, bis nichts mehr bleibt als Asche, in der wir kauern, nackt und bloß. Vom Raumschiff aus wären wir zu erkennen, so hell leuchteten wir, so unübersehbar wären wir. Elegant und erhaben würden wir durch Trümmer wandeln, die früher Städte waren, und ganze Kontinente voll mit Menschen. Den Bösartigen würden wir ins Gesicht lachen, den Simplen uns entgegenstellen, Hauptsache von allem zu viel und alles jetzt und immer zusammen. Hauptsache zusammen.

Wieso willst du bleiben, wer du bist? Wieso sollte ich?

Im Nacken ein Tattoo, ein jeder von uns den Namen des anderen, den Abdruck des anderen in der Haut des anderen, den Geruch des anderen kann aller Regen niemals von uns waschen. Man kann uns sehen, aber niemals verstehen, selbst unter einem Mikroskop wären wir nicht zu entziffern. Wären wir ein Film, jedes Bild wäre überbelichtet.

Nachts vibrieren die Mücken, schäumen die Lichter, von den Sternen niedergeworfen, ins Erdreich gekrallt, zu zweit, alles zu zweit, wuchern wir ins Unendliche.

Diese Worte können nur nachahmen, was war, aber niemals selbst etwas sein.

In ewig, für eine Sekunde

T.

10. Oktober 1992

Im Zug

Helen und ich waren zu unserem ersten gemeinsamen Urlaub unterwegs. Wir wollten auf die Halligen, hatten dort ein kleines Zimmer gemietet. Auf engstem Raum würden wir die nächsten Tage verbringen, kaum etwas, das ich die letzten Jahre mehr herbeigesehnt hatte.

Das Zugabteil war zur Hälfte gefüllt. Bis auf Helen und mich saß jeder der Passagiere für sich. Sie blätterten in Illustrierten, sie sahen aus dem Fenster, sie hörten Kassetten, hofften so, sich von der Eintönigkeit einer Reise ablenken zu können.

Bei Bremen stieg ein Mann zu. Eine Frau folgte ihm in zwei Schritten Abstand. Beide nahmen an einem Vierertisch Platz. Der Mann redete, erst mit der Frau, dann sprach er auf Glück lautstark in das Abteil hinein, sah mal einen der Reisenden an, mal einen anderen. Eilig wichen die Reisenden dann seinem selbstgefälligen Blick aus, was ihn in seinem Redefluss jedoch nicht im Geringsten störte.

Bald packte die Frau geschmierte Brötchen aus und stellte dazu eine silberne Thermoskanne. Der Mann griff nach einem Brötchen und betrachtete es eingehend.

»Was soll ich denn damit? Bin doch kein Hase.«

Er zerrte ein dünnes Salatblatt von einer Salamischeibe und warf es auf den Tisch. Erst danach biss er ab.

»Und das? Soll das so bleiben?«, sagte er und deutete auf den Tisch.

Die Frau nahm das Salatblatt und packte es in einen Beutel. Der Mann lehnte sich zu einem Reisenden, der ihm im Gang gegenüber saß.

»Ich habe immer 'ne Flasche bei mir«, sagte er, »meine Frau.«

Der Reisende hob den Kopf. Diese Bewegung genügte dem Mann schon als Aufforderung, fortzufahren.

»Was sind vier Frauen in der Küche?«

Er machte eine Pause.

»Artgerechte Haltung.«

Ein kehliges Lachen war zu hören. Der Nachbar drehte den Kopf zum Fenster weg.

»Hier, der ist auch gut«, setzte der Mann nach. »Ein Ehepaar sitzt abends vor dem Fernseher und schaut 'ne Tiersendung. Sie so zu ihm: ›Du Schatzi, findest du auch, dass Nagetiere dumm und gefräßig sind?‹ Und er darauf: ›Ja, mein Mäuschen!!‹«

Wieder lachte er kehlig.

Wer in eine Illustrierte vertieft war, raschelte mit dem Papier, wer aus dem Fenster blickte, konzentrierte sich noch stärker auf die vorbeirauschende Landschaft, wer Musik hörte, drehte auf. Es war offensichtlich: Die Reisenden gaben zu verstehen, dass sie sich unter keinen Umständen mit dem Mann einlassen wollten.

Nur Helen setzte sich auf.

»Tschuldigung«, sagte sie, »ich hab's nicht gehört.«

»Was?«

»Den Witz.«

Der Mann, der zwei Reihen vor uns saß, drehte sich um. Sah Helen an, dann mich.

»Ach.«

»Erzählen Sie doch noch mal.«

»Nun«, begann er langsam, »abends. Da sind zwei Eheleute, nach der Arbeit, vor dem Fernseher. Und da läuft 'ne Tiersendung. Die Frau sagt zu ihm: ›Du Schatz, findest du nicht auch, dass Nagetiere dumm und gefräßig sind?‹ Und der Mann antwortet, nun, er sagt, ›Ja, mein Mäuschen.‹«

Helen setzte ein bedauerndes Lächeln auf.
»Hab's immer noch nicht gehört. Der Zug ist so laut.«
Ein unbestimmter Ausdruck war in die Augen des Mannes getreten, Überraschung sicherlich, Verständnislosigkeit, Unmut vielleicht. Er blickte zu mir, erwartete eine Reaktion. Ich zuckte die Schultern.
»Das ist aber auch laut hier«, wiederholte Helen.
Der Mann schwieg.
»Also?«, fragte Helen.
»Ein Mann und eine Frau sitzen abends ...«
»Nein«, unterbrach ihn Helen, »Sie müssen wirklich lauter sprechen. Ich höre sonst nichts.«
Der Mann zögerte. Sammelte sich. Sah zur Seite. Begann.
»Ein Ehepaar ...«
»Lauter.«
Ein Räuspern. Ein Husten. Dann ein Schreien.
»EIN MANN UND EINE FRAU VOR DEM FERNSEHER. UND DIE FRAU SAGT. ›FINDEST DU NICHT, DASS NAGETIERE DUMM UND FETT SIND?‹ DER MANN SAGT: ›JA, MÄUSCHEN.‹«
Als er geendet hatte, wartete er ab.
»Und«, fragte er, »jetzt?«
»Gehört hab ich's«, sagte Helen, »aber verstanden nicht.«
»Verstanden?«
»Ja. Ich hab's nicht verstanden.«
»Was gibt's da nicht zu verstehen?«
»Ich steh heute wirklich auf dem Schlauch. Vielleicht können Sie's mir mal erklären.«
»Erklären?«
»Ja. Den Witz.«
»Was? Ist das hier die versteckte Kamera?«

»Nein. Erklären Sie's. Den Witz. Damit ich's verstehe.«

»Aber ...«

»Bitte.«

»Naja, die Frau, wissen Sie ... und die Maus ...«

Er brach ab. Wut stieg in ihm auf, das war deutlich zu erkennen, Wut, aber auch Hilflosigkeit. Wer in eine Illustrierte vertieft gewesen war, hatte sie zur Seite gelegt, wer aus dem Fenster geblickt hatte, sah nun zu ihm, wer Musik gehört hatte, hatte die Kopfhörer abgenommen; die Reisenden warteten auf seine Antwort. Im Abteil war eine unwirkliche Ruhe eingekehrt.

»Und?«, fragte Helen freundlich.

»Der Witz ...«

In diesem Moment knisterte es im Lautsprecher. Der Schaffner verkündete, dass wir in wenigen Minuten Hamburg erreichen würden.

»Ach, hier müssen wir schon raus«, sagte Helen, »ich denke später nochmal drüber nach. Vielleicht komme ich ja von selbst drauf.«

Ich holte die Koffer von der Ablage. Helen schlüpfte in ihren Mantel. Dann verließen wir das Abteil.

31. Dezember 1967

Ins Neujahr als Anschütz

Die Gäste verstanden nicht.

»Wen sollt ihr darstellen?«, fragten sie.

»Ich bin Henry«, sagte Anschütz.

»Ich bin Anschütz«, sagte ich.

Es war nicht schwer, Anschütz zu sein. Anschütz war jedem ein Stachel im Fleisch. Er scheute keine Konfrontation, selbst wenn er unterlegen war. Gerade dann drehte er richtig auf. Grundsätzlich bis zum Maximum. Und wenn das geschafft war, nochmal das Gleiche. Anschütz ähnelte einem Hamster im Laufrad: immer in Bewegung. Energie wurde nicht verschwendet. Dazu noch eine Kombination absurder Kleidungsstücke, und ich ging als sein Ebenbild durch.

Ich hingegen war komplizierter darzustellen. Anschütz verzweifelte.

»Ich weiß nicht, wer du bist.«

»Dann denk dir was aus.«

Anschütz überlegte und schlüpfte schließlich in ein musterloses Hemd, zog dazu eine ordentliche Hose an und kämmte die Haare nach links.

»Erstaunlich«, erklärte ich verblüfft, »das bin ja tatsächlich ich.«

So erschienen wir auf der Doppelgängerparty in der WG am Rathenauplatz. Mao war da und Lennon/McCartney und Jane Fonda als Barbarella, ein besonders Origineller hatte sich als Kiesinger verkleidet. Nur Anschütz und Sy waren weitestgehend unbekannt.

Uns war das grundsätzlich gleich. Wir genügten uns selbst. Kaum ein Tag in letzter Zeit, an dem wir nicht zusammengewesen waren. Wenn wir uns trafen, ergaben sich wilde Abenteuer und flossen die Worte. Ob wir uns bestätigt fühlten oder energisch widersprechen mussten, ob uns nach Ausschweifungen zumute war oder nach endlosen Diskussionen über die Rettung der Welt, nach Lästereien über Bekannte oder das Teilen alter Geschichten – wir ahnten voraus, was wir im nächsten Moment fühlen, denken oder machen würden und überraschten uns dennoch permanent. Wir kannten unsere Grenzen, waren bereit, sie zu überschreiten, um im richtigen Moment innezuhalten und einander Atem holen zu lassen. Wir konnten darauf vertrauen, dass wir füreinander einstehen würden. Anders gesagt: Anschütz und ich waren Freunde.

Auf der Party ignorierten wir die Bowle und konzentrierten uns auf die richtigen Sachen. Dafür verfluchten wir die Anwesenden, diskutierten leidenschaftlich nicht aktuelle Ereignisse, benahmen uns im besten Sinn daneben. Einer von uns begann einen Satz, der andere beendete ihn und verdrehte damit die Aussage ins Gegenteil. Was uns nur weiter anspornte.

Mitternacht verpassten wir so. Die Ches, Warhols und Twiggys gingen hinaus in die Nacht. Sie starrten in den Himmel aus explodierenden Farben, sie lagen sich sentimental in den Armen oder gaben Parolen für die Zukunft aus.

»Neujahr«, meinte Anschütz verächtlich – oder ich –, »wieso sollte ein Jahr alles neu machen? Glaubst du echt, dass sich in zwölf Monaten die Gesellschaft fundamental ändern könnte? Da wäre ich doch furchtbar naiv, das anzunehmen. Ein neues Jahr sind auch nur dreihundertfünfundsechzig weitere Tage.«

Er reichte mir ein Glas. Den Inhalt konnte ich nicht erkennen.

»1968. Pah.«

14. Oktober 1978

Chicago hören mit Anschütz

Heidi Anschütz fragte, ob ich noch ein Stück von der Quarktorte mit den Mandarinen wollte. Der kleine Anschütz errichtete aus Bauklötzen einen Turm, den er sogleich wieder einriss. Anschütz und ich saßen uns am gedeckten Tisch gegenüber, hauptsächlich schweigend.

Nach dem Kaffee wurde der Kleine in sein Zimmer geschickt. Heidi Anschütz verschwand in der Küche, um, wie sie mir zwinkernd mitteilte, uns Männer mal allein zu lassen. Dann waren wir Männer allein.

Zögernd begann ein Gespräch, nein, ein Monolog. Anschütz erzählte vom Haus, das er gerade erst gekauft hatte. Er berichtete von der Bemessungsgrundlage für die Grundsteuer, von Bankkrediten, von Abwasserabgaben, von Vergleichsmieten, vom städtischen Mietspiegel, von Dachziegelsorten, von deckenden Farben, Schornsteinfegergebühren, schwarzarbeitenden Fliesenlegern, von Kosten für Umzugsfirmen. Er schwärmte von der Leistungsfähigkeit seines Steuerberaters, informierte mich über Möglichkeiten, welche die finanzielle Belastung durch Steuern senkten. Er sprach vom Kindergeld, welches er für seinen Kleinen bekam, und wie es sich bei einem zweiten Kind erhöhen würde. Er berichtete von der Versicherung, die er für seine Frau abgeschlossen hatte. Er erzählte von seinem Auto, einem Toyota, den er günstig bekommen hatte, weil sein Schwager jemanden kannte, der ein Autohaus besaß. Er zeigte mir seine Stereoanlage und legte eine Platte von *Chicago* auf, um mir die Klangqualitäten des Geräts vorzuführen.

Als ich zwei Stunden später ging, verabschiedete sich Anschütz. »Auf Wiedersehen«, sagte er. Ich hätte nicht sagen können, wozu.

15. April 1996

Tiere essen in Delmenhorst

Ich saß in Delmenhorst und aß das abscheulichste Schnitzel meines Lebens: flach, die Kruste in ranzigem Öl verbrannt, die Semmelbrösel der Panade nahe an der Ungenießbarkeit, das Fleisch ledern, von hässlichen Fettadern durchzogen.

Ich dachte an all die Lebewesen, die ich im Laufe der Jahre gegessen hatte, und erstellte eine erstaunlich umfangreiche Liste.

Schwein
Rind
Schaf
Ziege
Kaninchen
Wildschwein
Hirsch
Huhn
Gans
Strauß
Truthahn
Pute
Taube
Rebhuhn
Wachtel
Pferd
Kamel
Alligator
Wasserbüffel
Bison
Elch

Gnu
Bär
Känguru
Schildkröte
Oryx
Zebra
Frosch
Schnecke
Libelle
Heuschrecke
Termite
Käfer
Würmer
Karpfen
Hering
Hummer
Sardine
Barsch
Heilbutt
Pangasius
Scholle
Forelle
Karpfen
Seeteufel
Thunfisch
Makrele
Zander
Garnele
Dorsch
Lachs
Aal
Hai
Oktopus

Nach dem Schnitzel kamen die Magenkrämpfe, kam die Übelkeit, war die Nacht schweißnass vor Qualen. »Tiere essen«, dachte ich, »kann keine gute Sache sein.«

So beschloss ich nach Delmenhorst, auf Fleisch zu verzichten. Der Vorsatz hielt zwei Jahre.

24. Dezember 1957

Eine Weihnachtsgeschichte

Es begab sich aber zu der Zeit, als meine Mutter nicht an Gott glaubte, dafür aber an die Regeln, die einer Gemeinschaft Zusammenhalt garantierten. Deshalb fanden wir uns auch zu Weihnachten in der Kirche ein. Seit jeher hatten mich die Stunden dort in ihren Bann geschlagen – gleiche Worte gesprochen aus vielen Mündern, der betörende Klang des Orgelspiels, die muffigen Gerüche von Körpern unter schneeschweren Mänteln, das Beieinandersein aller. Dazu der Ernst, mit welchem das jährliche Ritual in einem Gebäude vollzogen wurde, dessen schiere Größe Ehrfurcht einflößte. Auch wenn ich nicht benennen konnte, wovor ich mich fürchten sollte, wagte ich in dieser Kirche keine ungebührlichen Gedanken und verhielt mich so, wie sich alle verhielten.

In diesem Jahr, gerade, als die Köpfe zum stillen Gebet gesenkt waren und die Gemeinde in der Andacht versunken war, wurde plötzlich die Kirchentür aufgestoßen. Ein Junge stürmte in den Mittelgang und brüllte mit sich überschlagender Stimme:

»Sie sind da!«

Das war Tito mit dem Feuermal. Seine Familie stammte nicht von hier, sie feierten kein Weihnachtsfest. Gleichwohl musste ihm sein unangemessenes Verhalten bewusst gewesen sein. Trotzdem schrie er in den Gottesdienst hinein. Und weil dieses Sakrileg so unfassbar schien, dauerte es, bis die Gemeinde zu reagieren im Stande war. Das gab Tito die Gelegenheit für weiteres Geschrei. Er brüllte vom Wald, in dem er nach Feuerholz gesucht hätte, und von einem Licht, das ihm am Himmel erschienen und bei den Drei Eichen niedergegangen wäre, seltsam grün hätte es geleuchtet, mit einem heftigen Knall wäre es verloschen.

»Eine fliegende Untertasse«, brüllte er in die Kirche hinein, »die Außerirdischen sind gekommen!«

Da griffen schon zwei fromme Gemeindemitglieder nach Tito und warfen ihn aus der Kirche. Die Tür schloss sich, der Pfarrer sprach beruhigende Worte, das aufgeregte und empörte Geflüster erstarb allmählich, und das Gebet wurde an der Stelle fortgesetzt, an der Tito es unterbrochen hatte. Nach Beten allerdings war mir nun nicht mehr zu Mute. Außerirdische beherrschten mein Denken.

Erst am frühen Abend konnte ich mich unter einem scheinheiligen Vorwand von zu Hause fortstehlen. Sogleich lief ich zu den Drei Eichen. Dort hatte sich schon eine größere Gruppe versammelt. Die meisten waren aus der Schule, aber auch einige Ältere hatten sich eingefunden.

Tito erzählte seine Geschichte wieder und wieder, beschrieb den Stern, der über das Firmament gewandert wäre, deutete auf die Stelle, wo sich das Licht verloren hätte. Tatsächlich waren bei den Drei Eichen etliche neu angepflanzte Setzlinge aus dem Boden gerissen. Atemlos diskutierten wir die Ereignisse, kundschafteten die nähere Umgebung nach Hinweisen aus. Aber die Dunkelheit beendete unsere Suche rasch.

Sobald sich in den nächsten Tagen eine Gelegenheit ergab, den Feierlichkeiten fernzubleiben, liefen wir zu den Drei Eichen. Erklärungen für Titos wunderliche Geschichte gab es viele: Wildschweine für die ausgerissenen Bäume, viele redeten vom Weihnachtsstern, Schwarzkamps Vater, der ein Teleskop besaß, sprach von einer explodierenden Sonne, manche von einem russischen Spionagesatelliten.

Noch vor Neujahr tauchte der Reporter einer zwielichtigen Zeitung auf. Er fragte Tito nach allen Regeln der Kunst aus. In den ersten Tagen des Januars erschien ein Artikel. Die Außerirdischen, die Tito heimgesucht hatten, waren nun über die Stadt hinaus bekannt.

Als die Schule wieder begann, wurde Tito zu Rektor Böhner zitiert. Dieser forderte Tito auf, seine Aussagen zu widerrufen.

»Außerirdische gibt es nicht«, sagte der Rektor, »die sind eine Erfindung aus Amerika.«

»Nein. Ich glaube so lange daran, bis Sie mir beweisen, dass es keine Außerirdischen gibt.«

»Du stiftest nur Unruhe mit deiner erfundenen Geschichte von angeblichen Lichtern und Wesen, die vom Himmel zur Erde herabfliegen.«

»Es muss ja nicht jeder davon überzeugt sein. Es reicht ja, wenn ich's bin.«

»Aber du lügst. Und Lügen werden wir nicht dulden. Lügen zerstören unsere Gemeinschaft.«

Tito blieb standhaft, jedenfalls bis der Rektor ihm einen Verweis in Aussicht stellte. Schweren Herzens widerrief Tito und erklärte öffentlich, dass er nur einen Spaß habe machen wollen. Unter uns aber beharrte er stets auf seiner Geschichte von Weihnachten.

30. Oktober 1974

Boma ye

Hände waren zu Fäusten geballt. Diese Fäuste schlugen in ein Gesicht, wieder und wieder, bis das Gesicht ein Klumpen war, sie zerstörten den Menschen und mit ihm sein Selbstbewusstsein und seinen Stolz.

In Kinshasa schickte Muhammad Ali George Foreman zu Boden. Ein Land tobte, wollte, dass Ali Foreman und seinen Schäferhund tötete. Nach dem Kampf, am nächsten Mittag, als ganz Kinshasa noch auf den Beinen war und wie von Sinnen »Ali, boma ye« brüllte, hatte mich Mabkea auf ein Boot gelotst, gesagt, er würde mich zu einem Ort bringen, wie ich noch keinen je zuvor erblickt hätte.

Mir war das recht; der Auftrag in Zaire war erledigt. So stieg ich auf einen kleinen Kahn, der den riesigen Kongo bezwingen sollte, bereit für ein nächstes Abenteuer.

Den ersten Tag verschlief ich, den zweiten auch. Am dritten Tag vermutete ich, dass ich an etwas leiden könnte. Die Müdigkeit, die schmerzenden Glieder, die kalte Stirn, das ständige Erbrechen deutete ich als Symptome einer mir unbekannten Krankheit. Zu schwach, um mich verständlich zu machen, kauerte ich mich in eine Ecke des Kahns. Mabkea war verschwunden, meine Begleiter kümmerten sich nicht weiter um mich. Immerhin füllten sie Wasser auf und brachten ab und an Maniokbrot vorbei.

So vergingen die Tage. Regen setzte ein. Neben dem Boot schwammen beunruhigende Tiere, Parasiten schlüpften aus Kadavern. Einmal gerieten wir in einen Hinterhalt, aus dem uns der Kapitän glücklicherweise freikaufen konnte.

Irgendwann legten wir irgendwo an. Ein schmaler Steg führte ans Land. Was früher vielleicht eine Siedlung gewesen war, hatte sich der Dschungel längst zurückerobert. Hier gab es nichts von Bedeutung. In der Ferne erhob sich ein Hügel, auf dem sich die Silhouette eines Klosters abzeichnete. Oder besser: die Silhouette der Ruinen eines Klosters. Und ohne dass jemand mir etwas gesagt hatte, wusste ich, wo der besondere Ort liegen musste.

Der Weg hinauf war kaum zu begehen. Trotzdem erreichte ich das Kloster. Vielleicht hatten von hier aus Jesuiten versucht, die Einheimischen zu bekehren. Offensichtlich waren sie damit gescheitert.

Im Innenhof saß ein Mann ohne Nase. Er trat zu mir, als hätte er mich schon erwartet, und stellte sich als Rémy vor. Ich fragte ihn, wie er seine Nase verloren hatte. Er berichtete davon, eine amüsante Geschichte, abgesehen von ihrem Ende. Hinter den Klosterruinen lag seine Hütte, eine erstaunlich einfallsreiche Konstruktion aus verschiedenen Baumaterialen. Dort aßen wir Hühnchen und tranken Kochbananengin. Dabei sprachen wir von unseren Leben. Rémy hatte wesentlich mehr zu erzählen. Er war im Kongo aufgewachsen, sein Vater hatte eine Kautschukplantage besessen. Bald wurde mir schummrig. Das konnte am Waragi liegen oder an der noch nicht auskurierten Krankheit. Rémy wies mir eine Matratze zu, auf der ich sofort einschlief.

Am nächsten Morgen oder am Tag darauf – wieder hatte ich jedes Zeitgefühl verloren – weckte mich Rémy und forderte mich auf, ihm zu folgen.

»Die Hütte ist nur Fassade. Mein Zuhause ist woanders.«

Er öffnete eine Klappe, die im Boden eingelassen war. Eine Leiter führte hinab in die Katakomben des Klosters, hin zu einem alten Geheimgang. Kühl war es da. Rémy entzündete eine Öllampe. Auf dem Boden wimmelten Insekten. Wir liefen, bis wir zu einem sonderbaren Raum aus Stein gelangten. Auf Altären befanden sich Gegenstände: ein Teller aus Meißner Porzellan, ein Gemälde, das niederländische Geldwechsler zeigte, ein chinesisches Seidentuch mit einem gezeichneten Wal, der zwischen Sternen schwebte, eine Vase aus Muranoglas, eine aus Elfenbein geschnitzte Figur.

»All das verliert nie seine Schönheit«, sagte Rémy, »all das wird mich nie enttäuschen. Denn im Gegensatz zu den Menschen wird es mich nie verlassen.«

Wir betrachteten die fein gearbeiteten Gegenstände, Rémy war bestens informiert, kannte ihre Herkunft, ihre Herstellung, ihre Besonderheiten.

»Zerstör sie«, sagte er plötzlich.

Ich verstand nicht.

»Du sollst sie zerstören«, sagte er, ruhig und gefasst, »alle.«

Um seinen Worten Nachdruck zu verleihen, zog er einen Revolver, richtete ihn auf mich, bevor er den Lauf gegen seinen Kopf hielt.

»Fang schon an, Henry. Zerstöre es.«

Widerwillig begann ich und zerstörte die Gegenstände, die vor langer Zeit in unzähligen Stunden mühseliger Arbeit gefertigt und später über viele Tausende Kilometer auf mysteriöse Weise an diesen Ort gelangt waren, nur um hier und heute von mir vernichtet zu werden.

Das Porzellan auf dem Stein, zerrissene Leinwand, zerbrochenes Glas; es bereitete mir keine Genugtuung. Aber Rémy verfolgte meine Bewegungen genau. Zerstörte ich nicht gründlich genug, forderte er mich auf, gründlicher vorzugehen. Bald waren die Altäre leer und dafür der Boden mit Bruchstücken ehemaliger Kostbarkeiten bedeckt.

Rémy steckte die Waffe weg, bückte sich, hob eine blau gemaserte Vasenscherbe auf und reichte sie mir.

»Gut«, sagte er, »jetzt solltest du gehen.«

So ging ich. Ich verließ die Katakomben, lief durch die Ruinen hinunter zum Ufer des Kongos. Am Steg wartete schon der Kahn.

10. November 1987

Rückkehr

Was ist Zuhause? Und wenn ich das herausgefunden hätte: War es mir wichtig?

Nach den beiden Jahren in der Ferne kehrte ich zurück. Amerika war weit weg. Alles sah kleiner aus, unbedeutender, fader. Und dennoch fühlte ich eine Vertrautheit zu dem, was mich umgab. Die Symbole auf den Verkehrsschildern. Die Fassaden der Häuser. Die Blumenkästen auf den Balkonen. Die Kleidung der Menschen. Selbst die Luft schien mir anders zu schmecken. Als hätte ich alle Atemzüge hier schon einmal getan. Als würde ich mich hier wiederfinden können.

Die Reise war vergebens gewesen. Ich hatte meinen Bruder nicht mehr aufgespürt. Sicher hatte er Spuren hinterlassen, doch ich war daran gescheitert, sie zu lesen. Er blieb verschwunden und mit ihm Huck. Es hatte gebraucht, bis ich das erkannte, und noch länger, bis ich es akzeptierte. Und selbst dann war ich nicht sofort zurückgeflogen. Erst vor Tagen, von einem Augenblick auf den nächsten, hatte ich mich dazu entschieden.

Der Schlüssel passte noch. Die Tür zu meinem Haus öffnete sich, und ich trat ein. Niemand empfing mich. Natürlich nicht. Wer hätte auf mich warten sollen? Und so war ich überrascht, fast schon erschrocken, als ich auf dem Küchentisch eine Postkarte fand. Auf der Vorderseite unerklärlicherweise der Jemen, auf der Rückseite einige wenige Worte.

Ich las, wieder und wieder, und verstand nicht. Und plötzlich: die Handschrift! Rasch holte ich den Brief hervor, den mein Bruder meiner Mutter geschickt hatte.

Verglich das Schriftbild. Das Ergebnis ließ keinen Zweifel. Die Karte musste von meinem Bruder stammen.

Und seltsam: Ich war nicht wütend auf ihn, nicht einmal verstört, dass er sich Zugang verschafft hatte zu meinem Haus, dass er sich informiert hatte, wo ich lebte, was ich tat. Nein, ich war auf unerklärliche Weise beruhigt, dass es draußen jemanden gab, der wusste, dass ich existierte, jemanden, der meinem Leben folgte und eingriff, wenn es ihm nötig schien. Ein Spiegelbild möglicherweise, wenn auch kein besseres, dann zumindest ein anderes Ich. Vielleicht sollte es so sein, vielleicht sollte dieses Spiegelbild nur in meiner Vorstellung existieren. Vielleicht sollte ich ihn nie mehr finden.

So nahm ich diese Karte und verstaute sie an einem besonderen Platz, war sicher, dass eine zweite mich bald erreichen würde.

4. Oktober 2003

Dahinter, wieder hinaus

Eigentlich hätte ich zufrieden sein sollen. Ich wohnte in einem schönen Haus. Das Auto, das ich fuhr, besaß etliche nicht serienmäßige Extras. Mein Steuerberater war ein fähiger Mann und half mir, im Jahr viel Geld zu sparen.

Von hier an konnte alles zu einem guten Ende führen. Mit Magda, mit diesem absoluten Gefühl von Angekommensein, mit der Ruhe, zu der ich gefunden hatte. Ich hätte mich einfach nur zurücklehnen und geschehen lassen müssen, was noch geschehen sollte. Und so war ich zufrieden, tagsüber, bei Licht, mein Glück für jeden sichtbar.

Doch wenn es dunkel wurde, schien es mir, als wäre in mir ein tiefes, kaltes Loch, welches alle Freude, alle Gewissheit, alle Selbstsicherheit in sich sog. Konnte das alles gewesen sein? Würde mich nichts Großes mehr erwarten? Wäre das, was noch geschehen würde, nur ein müder Nachhall von dem, das mir bisher widerfahren war?

Fragen drängten und dröhnten. Was hatten die Ereignisse meines Lebens zu bedeuten? Bestand eine Verbindung zwischen ihnen? Ließen sich die Verästelungen zu einem Muster fügen, zu einem fertigen Bild, keinem Puzzle mehr? Ein Zusammenhang musste bestehen, ansonsten wäre mein Leben willkürlich und ohne Sinn gewesen.

Die unbrauchbare Hälfte von Huck erinnerte mich daran, dass etwas Unfassbares vorhanden war, etwas, das nicht zu beschreiben war, etwas, das aber existierte und deshalb verstanden werden musste.

Ich erinnerte mich an die Orte, zu denen ich für Obsidian gereist war. Notierte, wen ich dort getroffen, was ich erfahren hatte. Fragte mich, wofür Obsidian dieses Wissen gebraucht hatte.

Es war niemals ein Geheimnis, dass es außer mir noch andere gab, die für Obsidian ähnliche Aufgaben erledigten. Je mehr ich mich damit beschäftigte, nach ihren Erlebnisberichten suchte, nach Gerüchten, nach Mutmaßungen, desto beunruhigender wurde die Vorstellung davon.

Der Drang, diese Ungewissheit zu klären, zog mich hinaus. Allein für die Vermutung, es könnte mehr geben als das, was ich bereits wusste, würde ich im Zweifelsfall alle Zufriedenheit opfern. Selbst wenn es bedeutete, alles zu riskieren, was ich besaß.

Und so begann ich wieder zu reisen, hin zu Orten, die Antworten versprachen, wurde getrieben von dem unbedingten Gefühl, dass hinter dem Vorhang, den ich als Wirklichkeit wahrnahm, mehr sein musste. Und dahinter wollte ich schauen.

12. März 2014

15. Oktober 1955

In den Streuobstwiesen

Mit einer selbst gebauten Zwille schleuderte ich Steine in den Fluss, als jemand rief: »Da ist was passiert!«

Das war der verrückte Kutti. Ganz außer Atem rannte er zu mir.

»Der Mann hängt am Baum.«

Er fuchtelte mit den Armen und wollte mir wohl den Weg weisen. Doch das war nicht nötig. Auf der Straße liefen sowieso schon Menschen, alle in eine Richtung: zum Ortsausgang, dorthin, wo die Streuobstwiesen waren.

Während ich die Zwille in meine hintere Hosentasche steckte, rannte der verrückte Kutti weiter, war auf der Suche nach dem Nächsten, den er informieren konnte.

Ich lief zu den Wiesen mit den Apfelbäumen, den Birnenbäumen, den Pflaumenbäumen. So viele Bäume. Vor einem der Bäume hatten sich Bewohner der Stadt versammelt. Ein dichter Pulk, Genaues war nicht zu erkennen. Ich drängte mich zwischen den Körpern hindurch. Dann sah ich: An einem Ast hing ein Seil, das Ende abgeschnitten. Auf dem Boden lag ein Mann. Magdas Vater.

Ich wusste nicht viel von ihm. Aus dem Krieg war er mit nur einem Bein zurückgekehrt. Er fror oft, selbst im Sommer. Wenn ich bei Magda war, was nicht allzu oft vorkam, sah er meist durch mich hindurch, als wäre ich unsichtbar.

Nur einmal hatte sich zwischen uns etwas zugetragen. Magdas Vater hatte die Tür repariert. Weil die Brüder auf dem Feld gewesen waren, hatte ich ihm ein Brett reichen sollen. Doch das hatte ich fallen gelassen, mit einem lauten Knall war es auf den Boden geschlagen.

Magdas Vater war erstarrt. Alles Leben war aus seinem Gesicht verschwunden, seine Augen hatten sich zu dunklen Toren verwandelt, ein Zittern hatte ihn geschüttelt. Und er hatte geschrien, jeder Schrei wie ein Donnern, von unfassbarer Kraft dieser Ton. Noch während er geschrien hatte, hatte er ausgeholt und mit der flachen Hand zugeschlagen. Meine Wange, meine Stirn, mein Kopf. Das war so schnell geschehen, ich hatte mich nicht wegducken können. Ich hatte nicht reagieren können. Bewegungslos hatte ich dagestanden, und er hatte zugeschlagen, die Faust genommen, geschrien und geprügelt.

Und dann, von einem auf den nächsten Moment, hatte er innegehalten und den Schlag mitten in der Bewegung zurückgezogen. Er war vor mir zu Boden gesunken, hatte die Arme um meine Beine geschlungen und war in Tränen ausgebrochen. Er hatte gewimmert, wie leid es ihm täte und dass ich ihm verzeihen solle. Noch nie hatte ein Erwachsener mich um Verzeihung gebeten. Er hatte geweint, und ich hatte ihm leise verziehen, doch er hatte geweint, immer weiter. Irgendwann war Magda gekommen. Sie hatte sich neben ihren Vater gekniet, seine Finger sanft von meinen Beinen gelöst, hatte meine Hand genommen, und wir waren fortgerannt.

Heute lag ihr Vater in den Streuobstwiesen. Ein abgeschnittener Strick hing an einem Ast. Jemand bedeckte seinen Körper mit einer Decke. Ich drängte mich durch die Menschen, die schauten und tuschelten, suchte nach Magda. Sie war nicht hier. Und ohne, dass ich länger darüber nachgedacht hätte, wurde mir klar, wo ich sie finden würde.

Der Wald war kühl, der Herbst zeigte sich schon. Magda saß am Fuchsloch. Die Arme um die Knie geschlungen, die Knie an den Kopf gezogen, den Kopf dazwischen vergraben. Ich setzte mich zu ihr. Ich wusste nicht, was ich sagen sollte. Ob ich sie irgendwie trösten konnte. Wie ich das tun musste.

Wir saßen. Wir warteten. Wir schwiegen. Bis ein Wind durch die Bäume fuhr. Magda sah auf, blickte auf den Wald, sah, wie er den Himmel vor unseren Blicken verbarg. Mit den Händen griff sie in das Laub am Boden, packte zu, sammelte die gefallenen Blätter, trug sie zum Bau, legte das Laub dort ab.

»Wenn die Füchse kommen, sollen sie nicht frieren«, sagte sie.

Vielleicht würden die Füchse niemals mehr zurückkommen. Bestimmt hatten sie längst einen anderen Unterschlupf gefunden. Doch davon sagte ich nichts. Ich kniete mich stattdessen zu Magda, und gemeinsam sammelten wir Laub, bis es Abend wurde.

17. Juli 1963
Keine Badewanne voll mit Tränen

Jeden Dienstag kam Kutti bei den Zwillingen vorbei, um mit ihnen zu spielen. An einem Sonntag verschwanden sie. Deshalb verdächtigten wir zu keiner Zeit Kutti. Und wenn er sich nicht selbst verraten hätte, hätte man die Zwillinge vielleicht niemals gefunden.

Es gab nicht gerade viele, die mit Kutti spielten. Wir nannten ihn den verrückten Kutti. Die, die es ausführlicher mochten, riefen ihn »spastischen Kuttimann«, obwohl sie auch nicht erklären konnten, was »spastisch« meinte, außer, dass es etwas Abnormales bedeutete.

Kuttis Mutter hatte ihn geboren, da war sie schon über fünfzig. Fast wäre sie an Kutti gestorben, weil er so ein großes Baby war. Das war er auch geblieben. Wenn Kutti mit seiner Mutter durch die Stadt lief, um einzukaufen oder Blumen auf den Markt zu bringen, dann hielt sie ihn fest an der Hand. Denn Kutti rannte gern weg, um das ein oder andere anzuschauen. So hielt sie ihn auch, als sie ein altes, dürres, klappriges Mütterchen war.

Die Zwillinge spielten jeden Dienstag zusammen mit Kutti. Sie wohnten ein paar Häuser weiter die Straße runter. Üblicherweise klingelte Kutti bei ihnen, und gemeinsam liefen sie zur alten Riegervilla. Die Riegervilla war ein verfallenes Anwesen am Stadtrand, das vor dem Krieg dem Fabrikbesitzer Alois Rieger gehört hatte.

Heute standen nur noch die Mauern und eine große Treppe, die allerdings ins Leere führte. Manchmal machten die Zwillinge eine Mutprobe, die derjenige gewann, der sich am weitesten nach oben auf die Treppe getraute. Es knirschte verdächtig, und Putz rieselte hinab. Aber die Zwillinge schafften es stets bis zur letzten Stufe. Kutti machte nie mit, schlug stattdessen die Hände vors Gesicht und jammerte erbärmlich, was die Zwillinge sehr freute.

Ansonsten gab es auf dem Gelände viele interessante Sachen: einen Geräteschuppen, dem die Fenster fehlten, einen Teich voller Seerosen, einen verrosteten Horch, einen vermoosten Springbrunnen und ein schulterhohes, verwuchertes Heckenlabyrinth.

Anfangs setzten die Zwillinge Kutti ordentlich zu. Sie beschimpften ihn übel. Doch irgendwie harrte Kutti aus, so lange, bis die Zwillinge schließlich aufgaben, ihn zu ärgern. Stattdessen entdeckten sie schnell, dass es durchaus Spaß machen konnte, Kutti und vor allem seine Ahnungslosigkeit in ihre Spiele einzubeziehen.

Wenn die Sonne unterging, brachten die Zwillinge Kutti für gewöhnlich zurück zu seiner Mutter. Die lehnte dann glücklich an der Haustür und sah, wie sich ihr sechsundzwanzigjähriger Sohn bis über beide Ohren strahlend und mit dunkelrot angelaufenen Wangen von den beiden Viertklässlern verabschiedete.

Am Sonntag, an dem die Zwillinge verschwanden, lag Kuttis Mutter mit Kopfschmerzen im Bett. Nur mittags hatte sie sich unter Schmerzen in die Küche geschleppt und für Kutti eine Suppe aufgekocht. Kutti war sehr hungrig gewesen und hatte seine Mutter immer wieder in die Seite gepikst, um sie zur Eile anzutreiben. Sie sagte Kutti, dass er heute unter keinen Umständen das Haus verlassen könne. Er könne ins Wohnzimmer gehen und etwas malen. Raus dürfe er aber nicht.

Kutti nickte, und seine Mutter legte sich ins Bett und blieb dort bis zum nächsten Morgen. Auch Frau Marburger, die Mutter der Zwillinge, hatte keine Ahnung, was ihre Söhne an diesem Nachmittag taten. Die Zwillinge kündigten nur an, dass sie spielen wollten. Aber wo genau, das wusste Frau Marburger nicht. Und im Prinzip war ihr das gleichgültig, sie wollte ihre Ruhe haben. Schließlich war Sonntag. Und deshalb ahnte niemand, dass an diesem Sonntagnachmittag der verrückte Kutti und die Zwillinge zusammen in der Riegervilla spielten.

Als die Zwillinge am Abend nicht zurückkehrten und auch das Warten in der Nacht sie nicht brachte, machte sich Frau Marburger große Vorwürfe. Ihr Mann versuchte, ihr die Angst zu nehmen, sprach von einem Dummejungenstreich und davon, dass die Kinder bestimmt am nächsten Morgen zurückkommen würden.

Der nächste Morgen brach an, und wer klingelte, war unser Polizist. Auch wenn vierundzwanzig Stunden vom Zeitpunkt des Verschwindens bis zur Suche vergehen mussten, sagte er, könne man ja inoffiziell schon mit der Suche beginnen. Herr Marburger meinte unwirsch, inoffiziell hätte er schon letzte Nacht gesucht und inoffiziell hätten seine Arbeitskollegen mitgeholfen, woraufhin unser Polizist pikiert schaute, dann aber entschied, dass Eltern von verschwundenen Kindern das Recht haben, unwirsch zu reagieren. Unser Polizist versprach Hilfe, die eintraf, aber nicht half.

Am Dienstag klingelte Kutti wie jeden Dienstag nach den Zwillingen. Anstatt ihrer Söhne trat Frau Marburger vor die Tür. Als Kutti fragte, ob er mit ihnen spielen könne, starrte sie ihn an und brach, ohne ein Wort gesagt zu haben, in Tränen aus. Kutti wollte den Arm um sie legen und sie trösten, doch sie schüttelte ihn von sich und barg ihr Gesicht in zitternden Händen.

»Sie haben doch gewonnen, haben gewonnen«, rief Kutti.

Herr Marburger erklärte, dass die Zwillinge nicht zum Spielen kommen würden.

»War Kutti böse?«, fragte Kutti.

»Niemand war böse, auch du nicht«, sagte Herr Marburger.

Daraufhin lachte Kutti und rief erneut: »Sie haben auch gewonnen, haben gewonnen.«

Herr Marburger betrachtete Kutti eingehend und fragte ihn, welches Spiel er meinte. Kutti griff nach seiner Hand und zog ihn hinter sich her, bis sie die alte Riegervilla erreichten.

»Wir haben gespielt«, rief er.

Am Nachmittag standen wir alle auf dem Anwesen. Herr Marburger, Frau Marburger, der verrückte Kutti, seine Mutter, die Nachbarn, unser Polizist. Wir liefen durch das Labyrinth, suchten unter den Haustrümmern, stachen mit langen Holzstöcken in den Teich hinein, gruben in der Erde. Kutti stand abseits und beobachtete das Treiben genau. Sagen wollte er nichts, so sehr wir ihn auch bedrängten.

Schließlich, als wir an den alten Horch traten, wurde Kutti plötzlich aufgeregt. Der Kofferraum war verschlossen. Unser Polizist holte ein Brecheisen. Der Deckel schnappte. Es war warm gewesen die letzten Tage, und so schreckte unser Polizist vor dem Gestank zurück, der aus dem Inneren kam. Kutti klatschte begeistert in die Hände.

»Sie haben gewonnen, haben gewonnen.«

Er schaute in den Kofferraum, schaute auf die Zwillinge und drehte sich um.

»Jetzt schlafen, alle jetzt schlafen.«

Ein Träne wiegt fünfzehn Milligramm. Man sagt, dass jeder Mensch im Laufe seines Lebens eine Badewanne voller Tränen weint. Frau Marburger konnte an diesem Tag nicht weinen. Es war ihr einfach nicht möglich. Sie stand auf dem Anwesen des alten Riegers, und unser Polizist holte die Leichen ihrer zehnjährigen Söhne aus dem Kofferraum des verrosteten Autos. Sie sah, wie ihr Mann erbleichte, sah die Nachbarn die Hände vor den Mund schlagen, sah, wie Kuttis Mutter ihren Sohn bei der Hand nahm und vom Auto wegführte, während er klatschte, wieder und wieder, und rief und lachte, weil die Zwillinge das Spiel gewonnen hatten, weil sie sich doch am längsten im Kofferraum versteckt hatten.

Frau Marburger konnte nicht zu Kutti rennen, konnte ihn nicht »spastischer Kuttimann« rufen, sie konnte nicht schreien, konnte nicht auf ihn einschlagen, wie sie es hätte tun wollen und konnte nicht weinen, keine Badewanne voll.

29. Juli 1980

Fünf Bälle

Fünf Wochen war ich nun schon in Lyon, eine weitere sollte folgen. Ich hatte eine kleine Wohnung nahe der Saône gemietet. Die Altstadt war nicht weit, die wichtigen Orte waren schnell zu erreichen. Meistens verließ ich das Haus am Morgen und kehrte erst in der Dunkelheit zurück. Kontakt zu den Mietern hatte ich keinen.

Umso mehr war ich überrascht, als ich am Abend des 29. Juli die Wohnungstür öffnen wollte. Ich hörte ein leises Klacken hinter mir. Ein kleiner blauer Lederball rollte über die Fliesen des Korridors und landete direkt vor meinen Füßen. Verwundert sah ich mich um. Die Tür gegenüber war angelehnt. Noch nie hatte ich ein Geräusch aus dieser Wohnung gehört, hatte noch nie einen der Bewohner gesehen.

Ich hob den Ball auf und ging hinüber. Am Klingelschild stand Mathieu. Vorsichtig drückte ich die Tür auf. Im Flur saß auf einem Stuhl ein Greis. Er trug eine Cordhose und dazu ein graues Hemd, die Ärmel hochgekrempelt. In seinem Gesicht tiefe Furchen, den Augen war jegliche Kraft abhandengekommen, die Haut war mit Flecken bedeckt, die wenigen Haare weiß und dünn. Auf seinem Schoß lag ein Gehstock.

»Ist das Ihrer?«

Ich hielt ihm den Ball entgegen. Der Greis nickte, drückte sich dann schwerfällig vom Stuhl hoch und setzte sich in Bewegung. Jeder Schritt nahm mehrere Sekunden in Anspruch. Ich konnte sehen, wie viel Kraft ihn das kostete. In seinen Knochen lag das Blei vieler Jahre. Jedes Atmen war ein Ächzen. Manchmal schien er das Gleichgewicht zu verlieren, fing sich aber kurz vor dem Fall.

Wir gingen in sein Wohnzimmer. In den Vitrinen standen Zinnkrüge, an den Wänden hingen in Rahmen Fotos, die junge Menschen an unterschiedlichen Orten zeigten, ein Mann war zu sehen, eine Frau, ein Kind. Auf einem Tisch lag ein Buch mit Kreuzworträtseln, daneben ein Heft mit dem aktuellen Fernsehprogramm, einige Sendungen waren markiert.

Mathieu ließ sich in den Sessel fallen. Mich wies er an, auf dem Sofa Platz zu nehmen. Dann erzählte er. Wie er jeden Morgen vor vier aufwachte, wie er sich bis Sonnenaufgang im Bett wälzte, sich dann ins Bad schleppte, später ein Brot schmierte, gegen Mittag den Topf mit Essen aufkochte, den ihm die Nachbarin zwei Etagen über ihm alle paar Tage vor die Tür stellte, wie er erst gegen Abend den Fernsehapparat anschaltete, da das Programm zuvor nicht zu ertragen wäre.

»Da ist nichts mehr für mich in der Welt.«

»Aber jeder Tag ist ein Geschenk«, sagte ich wider besseren Wissens, sprach, weil ich dachte, es wäre meine Aufgabe, so zu sprechen. »Es gibt noch so viel Schönes. Sie müssen durchhalten. Sonst würden Sie das alles verpassen.«

»Was ich geliebt habe, ist tot. Wer noch lebt, ist fort.«

Seine Stimme wie Teer.

»Jetzt sitze ich das Ende ab.«

Ich legte den blauen Ball auf den Tisch zu den Kreuzworträtseln.

»Der kam aus Ihrer Wohnung.«

»Ja.«

»Sie haben ihn verloren.«

»Nein. Eine letzte Sache bleibt noch.«

Er beugte sich vor.

»Ich wollte zum Zirkus. Durch das Land reisen. In der Manege stehen. Hab aber immer Ausreden gefunden, es nicht zu tun. Als ich bereit war, war es zu spät. Da kam ich nicht mehr raus. Meine Frau. Das Kind. Die Arbeit.«

»Das tut mir leid.«

»Wollten Sie nie einen Weg einschlagen, der Sie so weit weg von dem geführt hätte, was Ihnen tatsächlich widerfahren ist?«

Ich überlegte kurz, bevor ich den Kopf schüttelte.

»Nein, niemals.«

Er nahm den Ball auf. Seine Hand zitterte so stark, dass der Ball ihm entglitt und zu Boden fiel.

»Ich möchte einmal noch jemanden jonglieren sehen. Hier. Direkt vor mir. Mit eigenen Augen sehen.«

»Leider, leider kann ich nicht jonglieren.«

»Dann müssen Sie es eben lernen.«

Er deutete auf eine Schublade am Schrank mit den Zinnkrügen.

»Öffnen Sie.«

Ich öffnete und fand vier Bälle, genauso klein wie der blaue Ball am Boden.

»Lernen Sie jonglieren. Zeigen Sie mir, wie Sie fünf Bälle halten.«

Und das tat ich. Von nun an kehrte ich jeden Abend früher von meinem Auftrag zurück. Mathieus Wohnungstür war stets angelehnt. Manchmal brachte ich Marillenschnaps mit oder Kirschen vom Markt. Ich begann, mit zwei Bällen zu jonglieren. Das war nicht schwierig. Auch die 3-Ball-Kaskade gelang mir schnell. Sobald es jedoch an vier Bälle ging, versagten meine Fähigkeiten. Es war ähnlich dem spiegelverkehrten S – je mehr ich mich darauf konzentrierte, desto erbärmlicher war das Ergebnis. Ich war kein Jongleur. Nur ein einziges Mal hielt ich vier Bälle für einige Sekunden in der Luft. Mathieu gab mit keiner Regung zu erkennen, ob ihn das zufriedenstellte. Sobald ich die Kontrolle über die vier Bälle verloren hatte, hielt er mir den fünften hin. Doch ich wusste, den fünften Ball würde ich nie halten können.

Die Woche verging. Mein Auftrag war beendet. Von Lyon sollte ich weiterfahren nach Marseille. Am Tag meines Abschieds stand ich vor Mathieus angelehnter Tür, den Koffer schon in der Hand. Von drinnen hörte ich kein Geräusch, so wie ich nie ein Geräusch aus seiner Wohnung gehört hatte.

Ich überlegte, sah auf meine Hände und drehte mich dann um, lief mit leisen Schritten die Treppen hinab. Draußen empfing mich die sonnensatte Schwere eines schwülen Augusts. Wer konnte, weilte längst auf dem Land.

Auf dem Weg hinaus aus der Stadt entdeckte ich ein buntes Zelt. Ein Zirkus. Ich sprach beim Direktor vor und gab ihm Mathieus Adresse, bot Geld, mehr Geld, als ein Messerwerfer, ein Gummimensch, ein Jongleur im Monat verdienen konnten. Er lehnte ab. Sagte, dass sie in Kürze aufbrächen und im Übrigen sowieso keine Privatvorstellungen geben würden. Daraufhin trug ich mein Anliegen energischer vor, erhöhte die Geldsumme deutlich. Doch er ließ sich nicht überreden, selbst als ich ihm Mathieus Geschichte mit entsprechend einfühlsamen Worten vortrug. Es wäre nicht seine Aufgabe, für Vergangenes einzustehen, erwiderte der Direktor freundlich und wünschte mir ansonsten Glück für meine Reise nach Marseille.

9. Juni 2006

Geburtstag

Mein Geburtstag war, ich hatte keine Torte gekauft. Dass ich damals überhaupt zu Hause war, schien eher Zufall als Absicht. Nur zwischen den Reisen hielt ich mich hier noch auf. So war ich überrascht, als es an der Tür klingelte. Samuel stand draußen.

»Papa, alles Gute«, sagte er, umarmte mich und übergab mir ein Geschenk, eine Strickjacke.

Samuel hatte Kuchen mitgebracht, den ich in der Küche anschnitt. Währenddessen suchte er in meiner Plattensammlung und entschied sich für »Rubber Soul«. Als die Musik spielte, holte er aus dem Regal ein Fotoalbum und schlug eine Seite auf, die eine Feier vor vielen Jahren zeigte.

»Wann war das?«

Ich betrachtete das Bild.

»Irgendwann früher.«

»Damals waren die Feste noch größer.«

»Ja. Aber nicht unbedingt besser.«

Ich grinste ihn an. Samuel schaute auf den Geschenketisch. Dort lag die Glückwunschkarte, die mir das Reisebüro geschickt hatte. Freundliche Mitarbeiter hoben mir zu Ehren ihre Daumen.

»Feierst du deinen Geburtstag nicht, weil du glaubst, dass niemand kommen würde?«, fragte Samuel.

»Was erzählst du denn da?«

Ich berichtete von Anschütz, der mich gegen Mittag angerufen hatte.

»Siehst du«, sagte ich, »an mich wird gedacht. Und jetzt genug von diesem Unsinn. Lass uns endlich feiern.«

Wir tranken Kaffee und aßen den Kuchen. Samuel sprach von seiner Arbeit, seiner Freundin, die kurz vor ihrer Approbation stand, vom Plan, danach ein Jahr freizunehmen und gemeinsam die Welt zu bereisen.

»Wenn du Fragen über die Welt hast … du weißt ja, an wen du dich wenden kannst.«

Samuel nickte. Aber er schien nicht besonders interessiert an meinem Rat.

»Nein, wirklich. Ich kann dir helfen. Letztens erst war ich in China …«

So begann ich, ihm zu berichten, wohin es mich die letzten Jahre verschlagen hatte. Was ich dort herausgefunden hatte.

»Obsidian«, sagte ich ein wenig atemlos, »es ist viel gigantischer, als ich mir das jemals vorgestellt habe. Die sind überall. Verstehst du das? Die sammeln alles, was je passiert ist. Und wir alle hängen da mit drin. Nur merken wir das nicht. Ich habe unterirdische Archive gesehen. Dort lagern sie ihre Informationen. Die haben Computer infiltriert, die haben ihre Leute überall. Und ich habe eindeutige Beweise, dass hinter dem Diebstahl von Huck tatsächlich Obsidian steckt. Aber Huck funktioniert nur mit mir. Deshalb haben sie die Forschung daran eingestellt. Und weil sie das Scheitern nicht ertragen konnten, haben sie mir nur seinen Körper in einer Box zurückgeschickt.«

»Ach, Huck«, sagte Samuel leise, »Obsidian, bist du immer noch überzeugt davon?«

»Der Beweis ist da«, fuhr ich fort, als hätte ich seine Worte nicht gehört. »Erinnerst du dich an die Karten, die mein Bruder mir regelmäßig schreibt? Sie stammen von den Orten, an denen ich Aufträge für Obsidian erledigt habe. Er hat sich nach seinem Auftrag von ihnen abgewandt.«

Aus dem Arbeitszimmer holte ich eine Weltkarte. Mit roten Stecknadeln hatte ich alle Städte markiert, in die mich die Missionen geführt hatten, mit grünen Nadeln die Orte, von denen ich Post erhalten hatte. Alexandria, Gravenhurst, Sanaa. Rot und Grün lagen dicht beieinander.

»Das ist doch unglaublich. Ich muss unbedingt herausfinden, was das alles zu bedeuten hat.«

»Nein«, sagte Samuel, und eine bisher nicht gekannte Schärfe schwang in seiner Stimme mit. »Nein, das musst du nicht.«

»Doch. Gleich morgen fahre ich wieder los.«

»Siehst du nicht, wohin dich das gebracht hat? All das Gerede von einer geheimen Organisation, von Aufträgen, von Huck, von deinem Bruder? Du machst dir doch was vor.«

»Alles ist wahr. Das verstehst du nicht.«

»Nein. Vielleicht nicht. Aber ich verstehe, was du bist.«

Er schluckte.

»Du bist allein.«

Ich zögerte mit einer Antwort. Samuel war mein Sohn, ich liebte ihn. Aber er hatte wirklich nicht das Recht, so mit mir zu sprechen. Was wusste er schon? Magda hatte ihre Sachen vor einigen Monaten abgeholt, als ich unterwegs gewesen war. Aber ich musste herausfinden, was mich umgab. Dann würde ich zu ihr zurückkehren, dann würde sich alles zum Guten wenden.

»Ich werde noch mehr reisen, weiter reisen, so lange reisen, bis ich Antworten habe«, sagte ich, »und wenn es das Letzte ist, was ich tue.«

Ich lachte, um Samuel zu zeigen, dass ich einen Scherz auf meine Kosten gemacht hatte. Doch er stocherte nur in den Resten des Geburtstagskuchens herum, sagte kein Wort.

26. Juli 1985

Blaue Stunde

Ich erreichte das Haus meines Vaters in der blauen Stunde. Verfallen war es, seit vielen Jahren konnte niemand mehr hier gelebt haben. Der Garten grün überwuchert, dahinter ein unbestelltes Feld. Bei der Treppe saß ein Mann meines Alters. Er hatte keinerlei Ähnlichkeit mit mir, außer man kam ihm näher. Ungläubig musterten wir uns, suchten im Gesicht des anderen nach Spuren von uns selbst. Schließlich fielen wir uns in die Arme.

»Mein Bruder«, sagten wir Brüder.

Mein Bruder führte mich durchs Haus, zeigte mir die Zimmer und berichtete vom Leben, das er hier geführt hatte. Eine Familie waren sie gewesen, drei Menschen, fünfzehn Jahre an diesem Ort, bis sie in eine größere Stadt gezogen waren. Der Abschied war ihnen leichtgefallen.

Bevor es dunkel wurde, legten wir Steine zu einem Kreis und entzündeten ein Feuer. Mein Bruder hatte Bärenfleisch dabei. Wir steckten das Fleisch auf angespitzte Stöcke und hielten es über die Flammen, bis es gar war.

Ich kam nicht dazu, all meine Fragen zu stellen. Doch viele seiner Worte gaben mir dennoch eine Antwort. Ich musste sie nur richtig deuten. Mein Bruder malte ein Bild von meinem Vater, dass meinen Vorstellungen entsprach. Ein fleißiger Mann, den Tag über im Feld, besorgt um seinen Sohn, voller Liebe seiner Frau gegenüber. Mehrmals im Jahr ging er für einige Tage fort, wohin, das erfuhr mein Bruder nie.

Erst in den Tagen vor seinem Tod hatte mein Vater von meiner Mutter erzählt, von dem Sommer in Berlin. Dass es einen zweiten Sohn gab, hatte mein Vater nie gewusst. Mein Bruder hatte geforscht, meine Mutter ausfindig gemacht und damit auch mich.

Im Funkenflug des Lagerfeuers saß ich und hörte die Geschichte eines Lebens, das auch das meine hätte sein können. Hätte mein Vater meine Mutter mit sich genommen, hätten wir hier gelebt, diesen Himmel über uns und die Weite des Landes unendlich.

Und wie wir saßen, tiefer in die Nacht tauchten, die noch immer bläulich schimmerte, da erzählte ich von mir. Bruchstücke nur, wie sie mir gerade in den Sinn kamen, gab sie weiter, ungeordnet sprang ich zwischen den Zeiten hin und her. Hatte ich etwas vergessen, erfand ich es, erschien mir etwas zu unbedeutend, übertrieb ich maßlos. Selbst an eine Zukunft dachte ich, ahnte voraus, was geschehen könnte.

Ich erzählte von Huck. Als mir die Worte ausgingen und ich nicht weiter fähig war, Huck zu beschreiben, ging ich zum Wagen und holte den ochsenblutroten Koffer. Seit über zwanzig Jahren hatte ich Huck niemandem mehr gezeigt. Doch ich wollte, dass mein Bruder Huck jetzt sah. Er wehrte ab.

»Ich glaube dir. Du musst mir nichts beweisen.«

So legte ich Huck zurück in den Koffer, und wir redeten weiter, mein Bruder und ich. Als der Morgen kam, fiel ich in einen ruhigen, traumlosen Schlaf.

Am nächste Tag. Das Feuer erloschen, die Asche kalt. Eine Decke um meine Schultern. Leere Bierdosen und abgenagte Knochen neben mir. Nur – mein Bruder fehlte. Ich suchte im Garten, ich suchte im Haus. Am Auto entdeckte ich einen gefalteten Zettel, der unter die Scheibenwischer geklemmt war.

»Uns wird er von größerem Nutzen sein«, stand dort.

Die Handschrift meines Bruders. Er war gegangen. Und hatte Huck mit sich genommen.

21. Dezember 2005

Weltuntergang

Er sagt: Diese Welt wird untergehen. In wenigen Stunden schon wird nichts mehr von ihr zu sehen sein. Was einmal war, wird von Wasser bedeckt sein, zerstört für alle Zeiten, unsichtbar, als hätte es diesen Ort nie gegeben.

Sie sagen: Der Untergang ist unvermeidlich. Es kann nur die Zukunft geben oder nur die Vergangenheit. Beides zugleich ist unmöglich.

Wir standen auf dem Plateau und schauten hinab ins chinesische Tal. Shi, der Junge, und neben ihm sein Vater Yú Ning. Er zeigte auf die Stadt unter uns. Auf die Steinstraßen mit den Steinhäusern mit den Steingravuren, die Tempel, die Teehäuser, die Ahnenhallen, die Apotheken, die grünen Wände, die schwarzen Dächer. Alles war leer. Niemand zu sehen, niemand zu hören.

Er sagt: Der Name der Stadt bedeutet »Drachen, der im Feuer schwimmt«. Hierher kamen die Heerführer zur Zeit der Streitenden Reiche, die Qin-Dynastie hatte hier einen Außenposten. Die Ruinen gehören zum Volk der Ma. Es gibt keinen anderen Ort mehr, der sonst von ihnen erzählt.

Sie sagen: Der Damm ist notwendig. Die Schleusen werden sich schließen. Wasser wird sich stauen, ein See wird entstehen, ein Meer fast, er wird Strom für die neuen Städte bringen, die wachsen werden, weil dorthin die Menschen ziehen, die von hier fortgehen.

In die Felsen waren Höhlen geschlagen. Von da aus hatten die Ahnen das Tal erobert. In der Stadt standen Goldlärchen. Wasservögel ließen sich nieder. Vor dreißig Jahren war ich schon einmal an dieser Stelle gewesen. Heute wollte ich wissen, was ich damals getan hatte. Auch wenn es heute zu spät dafür war.

Er sagt: Dreitausend Jahre haben hier Menschen gelebt. Jetzt haben sie gegen die Technokraten verloren.

Sie sagen: Die Menschen werden es besser haben. Dafür brauchen sie Energie. Sie brauchen Kühlschränke und Mikrowellenherde, Waschmaschinen und Fernseher. Sie sollen nicht hungern, sie sollen mobil sein, sie sollen kommunizieren. Sie sollen fleißig sein und dem Land helfen. Die Menschen brauchen das Neue. Ohne das Neue gibt es keine Zukunft.

Am fernen Horizont erschien ein schwarzer Punkt. Ein Hubschrauber flatterte heran. Bald würde das Wasser kommen.

27. September 1998

Fahnen schwenken

Ein Herrscher war abgewählt, ein neuer würde bald an der Macht sein. Die Menschen schwenkten Fähnchen und riefen einander zuversichtlich die Slogans zu, die sie auf den Plakaten gelesen hatten. Sie waren im guten Glauben, Grundsätzliches würde sich ändern.

Weit nach Mitternacht hatte die Feier der siegreichen Partei ihren Zenit überschritten. Die Entscheidungsträger hatten den Festsaal verlassen, auch die Kamerateams waren zurück in die Sendeanstalten geeilt. Geblieben waren die Idealisten und die Betrunkenen. Zu ihnen gehörte Rottmann. Lautstark durch Halbsätze stolpernd befand er sich zwei Stehtische weiter in einem Gespräch mit einem Parteigänger.

»Jetzt wird alles …«, überschlug sich seine Stimme, »… als zuvor … der Schröder ist … der wird nicht … mit dem werden … der Alte ist weg … die da oben … keine halben Sachen … anpacken … sozial … für das Volk … Aufschwung … Gerechtigkeit … endlich mal dran …«

Gerade wollte er neu ansetzen, da sah er mich.

»Nein«, rief er, »das gibt's doch nicht. Der Sy.«

Rottmann ließ seinen Gesprächspartner stehen und kam zu mir, schlug kräftig auf meine Schulter, kräftiger, als es nötig gewesen wäre.

»Der Sy.«

Ungläubig schüttelte er den Kopf. Er reichte mir die Hand.

»Bist wohl auch zum Feiern hier, was?«

Er quetschte meine Finger, trieb seine Nägel in meine Haut.

»Übrigens, falls du es noch nicht weißt: Du hast mein Leben zerstört.«

Acht Jahre waren seit unserer letzten Begegnung vergangen.

»Wie geht's deiner Frau?«, fragte ich, als hätte ich ihn nicht gehört.

»Ist weg. Die Kinder sind's auch.«

»Tut mir leid. Ihr saht glücklich aus.«

»Ja. Waren wir auch.«

»Was ist passiert?«

»Du.«

Betrunken von Bier und diesem Tag starrte er mich an.

»Hast wohl unser Glück nicht ertragen. Hast dir gedacht: ›Wer glücklich ist, den mach ich kaputt.‹«

»Was für ein Unsinn.«

Ich schüttelte den Kopf. Rottmann lachte bitter.

»DU hast ja nicht die Spinnerei geschlossen. DU hast ja auch damit nicht mich und meine Familie vertrieben.«

»Das war nicht ›Ich‹.«

»Natürlich DU. DU warst verantwortlich. Zusammen mit Anschütz, diesem Arschloch.«

»Es ging nicht anders. Der Betrieb hätte von allein nicht überlebt. Nur mit richtig viel Geld.«

»Ach wirklich? Geld war doch da.«

»Hör mal, Ulrich, es ging doch darum: Der Betrieb war zu groß. Euch zu retten, hätte Millionen gekostet. Andere Firmen wären in Konkurs gegangen, weil sie keine Hilfe bekommen hätten. Das wäre nicht fair gewesen.«

»Fair. Fair. Wenn ich das schon höre. Ihr hattet kein Interesse daran, uns zu helfen. Ihr wolltet euch selbst schützen. Alles, was eine Gefahr war, habt ihr plattgemacht.«

»Es ist doch etwas komplizierter.«

»Wer musste denn alles aufgeben? Wer musste denn wegziehen? Welche Kinder mussten in einer neuen Schule anfangen? Damit hat das alles begonnen. Die ganze Scheiße.«

Ein Parteigänger kam vorbei, schwenkte zwei Fähnchen, trank ein Bier.

»Aber das ist jetzt vorbei. Eure Abzocke. Eure Mauscheleien. Eure Zeit. Ihr habt lang genug oben mitgemischt.«

»Es gibt kein ›Ihr‹.«

»Mich siehst du nie wieder, Sy, nie wieder. Und wenn, dann nur von unten.«

Sagte er, schlug mir ein zweites Mal auf die Schulter und ging, verschwand in der Masse der Idealisten und Betrunkenen.

7. November 2013

Im Feuer

An der Tür klopfte es. Unter dem schmalen Spalt wurde ein Zettel durchgeschoben. Ich entfaltete und las: »Bitte komm in den Garten.«

Die Schrift erkannte ich sofort. Magda. Es waren die ersten Worte, die sie an mich richtete, seitdem ich ihr das »Tagebuch der anderen Gedanken« gegeben hatte. Tage nach der Rückkehr aus dem Hospital der barmherzigen Schwestern hatte sie es gelesen. Ich hatte erklärt, erst in aller Ruhe, bis mein Zorn, meine Enttäuschung aus mir gebrochen war. Geschrien hatte ich und Magda ebenso. Meine Verbitterung. Ihre Vorhaltungen. All die Worte. Niemals wieder gutzumachen.

Meine Wut hatte einmal alles verschlungen, die Leere mir danach den Rest genommen. Trotzdem war da jemand, die sich beidem widersetzte, die Anspruch auf einen Platz anmeldete. Ohne Magda hätte ich längst aufgegeben.

Sie war in dieses Haus zurückgekehrt. Auf der anderen Seite der Tür hatte sie gestanden, hatte gewartet, gelauscht. Ich wusste: Wenn es Nacht wurde, beobachtete sie manchmal meinen unruhigen Schlaf. Dann wanderte ihr Blick über mich. Ich wusste: Sie las die Aufzeichnungen meines Lebens. Und sie las genau, ging sorgsam die Texte durch, verknüpfte und verband, so sorgsam wie alles, was Magda tat.

Zögern war keine Option. Diesmal nicht. Diesmal öffnete ich die Tür, ging den Flur entlang, aus dem Haus hinaus, die Treppen hinunter. Ein blanker Morgenhimmel über mir, in der Ferne Geräusche der erwachenden Stadt, und hier, im Garten, die Reste des Herbstes.

Hinter dem Haus wartete Magda. Ihr Gesicht, dachte ich, ihr Gesicht würde ich unter den Gesichtern aller Menschen wiedererkennen, die gelebt haben oder jemals leben werden, ihr Gesicht könnte hundert Jahre alt sein, doch würde die Zeit ihr nie das Wesentliche nehmen können.

Magda hatte Steine zu einem Kreis gelegt. In den Steinkreis hatte sie Scheite getan, Äste und Zweige. Darauf den Körper einer Holzpuppe. Nur den Körper. Keinen Kopf.

Huck.

Sicher, ich war ein seltsamer Mensch. Aber diese Aussage traf auf jeden zu. Jeder war ein seltsamer Mensch. Nur weil man genauer hinschaute, löste sich das Seltsame noch lange nicht auf. Es blieben lauter Momente, die sich erst im Rückblick aufeinander bezogen und deshalb schlüssig schienen. Nur fand sich keine Logik darin. Jedes Leben war unwahrscheinlich. Und musste deshalb zwangsläufig seltsam anmuten. Aber Magda hatte meine Seltsamkeit ausgehalten, war aus Gründen, die ich nie verstanden hatte, mir gegenüber stets unerschütterlich geblieben.

Sie reichte mir eine Streichholzschachtel. Und ein Streichholz. Über Hucks Körper hatte sie eine Flüssigkeit geschüttet, der Geruch ließ Benzin vermuten. Was Magda tat, tat sie sorgsam.

Das Streichholz wog wenig. Trotzdem hatte ich damit alle Macht. Es wäre nicht nur brennendes Holz. Es wäre viel mehr.

Magda drehte sich um. Sie ging zum Haus. Dort würde sie warten, drinnen oder draußen. Es lag an mir, an mir hatte es immer gelegen.

Das Streichholz in meiner Hand, das Holz vor mir.

Ein Hauch von Schwefel hing in der Luft, als die rote Kuppe an der Abriebfläche explodierte, verflüchtigte sich bald, als das Feuer zu zerstören begann.

15. September 1959

Der Wald nach dem Regen

Wir gingen in den Wald. Erst waren wir zu viert, dann nur noch Rottmann und ich. Der Wald schien so magisch, wie jeder Wald magisch sein konnte; an Hängen gelegen, mit lichtdurchfluteten Weiten und undurchdringlichem Gestrüpp. Wir rannten und schlichen, wir krochen und kletterten, immer weiter, immer tiefer, erst auf den bekannten Pfaden, später wichen wir ab, hinein in das Unbekannte, ins Dunkle, an Orte, die uns fremd waren und deshalb entdeckt werden mussten.

Ein Regen überraschte uns, kalt und gewaltig. Wir fanden Unterschlupf in einer kleinen Höhle bei den Bergen, blieben nahe des Eingangs, starrten hinaus in einen Vorhang aus Wasser, warteten und erzählten uns die unheimlichsten Geschichten von allen. Minuten vergingen oder Stunden, bis die Wolken sich verzogen und wir wieder hinaustreten konnten in den Wald. Wir waren schon weit, als Rottmann bemerkte, dass er sein Taschenmesser in der Höhle verloren hatte. Also kehrten wir um und suchten.

Dabei fanden wir ihn.

Unter Laub verborgen, in der hintersten Ecke der Höhle, dort, wohin kaum noch Licht fiel, entdeckten wir ein Paar Schuhe, in denen Füße steckten. An den Füßen waren Beine, und als wir das Laub hastig weggeschafft hatten, war an den Beinen ein ganzer menschlicher Körper zu sehen. Ein toter Mensch, ein hagerer Mann in feinem Anzug, älter schon, glatzköpfig und mit einer gepunkteten Fliege um den Hals.

Wir taten, was alle getan hätten: schreiend aus der Höhle rennen, viele Meter zwischen uns und den toten

Menschen bringen, um dann erschöpft, ängstlich, außer uns auf dem nassen Waldboden zusammenzubrechen. Dort lagen wir, atmeten heftig, keuchten uns Worte zu, die ausdrücken sollten, wie wir uns fühlten.

Wie wir uns fühlten? Irgendwie aufgekratzt, irgendwann bereit, diese einmalige Gelegenheit zu einem Abenteuer nicht verstreichen zu lassen. Eine Leiche in einer Höhle. Wie war der Mann dorthin gekommen? Wer war er gewesen? Wie war er gestorben? Hatte er etwas bei sich? Gab es noch weitere Tote? So viele Fragen, die alle beantwortet werden mussten, unter allen Umständen von uns.

So sahen wir uns verstohlen um, vergewisserten uns, dass niemand uns folgte, und schlichen dann zurück in die Höhle, tasteten uns voran, bis wir beim Laubgrab standen. Während ich die nähere Umgebung nach Hinweisen absuchte, kümmerte sich Rottmann um den Toten. Er fand zwei Dinge: eine Brieftasche und, weit hinten im Schatten, einen Koffer, rot wie das Blut von Ochsen.

Beides brachten wir hinaus ins Licht. In der Brieftasche war Geld, mehr Geld, als wir jemals besessen hatten. Im Koffer lag eine Bauchrednerpuppe, das Holz rau, die Farbe leicht abgeblättert, der Stoff der Kleidung dünn. Wir legten das Geld und die Puppe vor uns und beratschlagten, was nun zu tun sei. Schnell verwarfen wir die Möglichkeit, anderen von unserem Fund zu berichten. Uns ging es darum, den Fund gerecht aufzuteilen.

»Du hast die erste Wahl«, sagte Rottmann nach einer Weile und hob seinen gesunden Arm, dachte vielleicht an die Gleise, an denen wir vor einem Jahr gemeinsam gestanden hatten.

»Nun …«, sagte ich, wusste aber nicht im Geringsten, wie ich meine Entscheidung treffen sollte.

Geld war immer zu gebrauchen. Von dem Geld in der Brieftasche hätte ich mir bestimmt zehn Bauchrednerpuppen und zwanzig Koffer dazu kaufen können. Aber nicht diese. Diese eine Puppe würde es nicht noch einmal auf der Welt geben. Dachte ich, fühlte ich und, ja, vielleicht wusste ich das in diesem Moment. Ein Glitzern ging von ihr aus, von Rottmann möglicherweise unbemerkt, zog mich zu ihr und machte es unmöglich, mich anders zu entscheiden.

»Ich nehme die Puppe.«

Rottmann nickte erleichtert. Er griff nach dem Geld und zählte es zufrieden. Ich ging in die Knie, tastete über den Koffer, das Futter, fühlte dahinter eine Art Briefumschlag, beschloss ihn dort zu lassen und später zu lesen, später, wenn mein Herz aufgehört hatte wie ein Barbar zu schlagen, hauptsächlich aus Furcht vor Entdeckung, aber auch aus Neugier, wegen des Versprechens, etwas Unerhörtes würde vor mir liegen, etwas, das die Welt noch nie gesehen hatte.

Hastig hob ich die Puppe aus dem Koffer und hielt sie in meinen Händen, zitternd und unsicher, was sie und mich verbinden sollte.

9. Juni 1946

Meine Mutter, mein Vater, unwesentlich später ich

Als sich das Ende des Krieges abzeichnete, kehrte meine Mutter zurück. Der Weg war lang und beschwerlich, und oft geriet sie trotz beschützender Begleitung in Situationen mit unwägbarem Ausgang. Doch verspürte sie eine große Sehnsucht nach dem Ort, den sie früher Zuhause genannt hatte, und eine ebensolche Sehnsucht nach Walter.

Ein Wiedersehen war unwahrscheinlich. Sie fand ihn in Berlin. Walter hatte überlebt, vier schwere Jahre lang. Ihm unterstand nun ein wichtiger Bereich des Sektors. Nur hatte der Krieg ihn kaltherzig werden lassen. Er umarmte meine Mutter, er küsste sie, er berührte sie, doch nie schien er ganz anwesend, nie gelang es ihm, sie anzuschauen, als wäre sie kein Gegenstand, den er beliebig benutzen konnte, als wäre sie keine seiner Untergebenen, die Befehle auszuführen hatten.

Meine Mutter versuchte, ihn zu verstehen, seinen Schrecken, sein Leid. Zu gewaltig die Freude, inmitten all der Ungewissheit einen Boten vergangener Zeit entdeckt zu haben, jemanden, dessen Schutz sie unterstand, ein Schutz, der notwendig war in der zerbombten, zerlumpten, verlorenen Stadt.

Mein Vater fuhr Motorrad. Jeden Tag kam er in der behelfsmäßigen Kommandantur vorbei und überbrachte Mitteilungen von der amerikanischen Seite. Es gibt kein Foto von ihm, allein die Beschreibung meiner Mutter. Später sah sie mich oft an, erklärte, ich hätte seine Haare, seine Augen, seine Hände. Nachweisen lässt sich das nicht.

Jeden Tag erschien mein Vater, und jeden Tag überreichte er im Vorzimmer meiner Mutter Dokumente, die sie abtippte und weiterreichte. Immer blieb Zeit für einige Worte zwischen ihnen. Bald wurden daraus viele Sätze, bald Gespräche, geführt in verschiedenen Sprachen.

Bald brauchten sie keine Worte mehr.

Sie trafen sich außerhalb, zwischen den Ruinen, schufen inmitten des Grauens Momente des Glücks. Von Anfang an hielt mein Vater mit der Wahrheit nicht hinterm Berg. Er erzählte von seiner Frau, die in Amerika auf ihn wartete, die er liebte, zu der er zurückkehren, mit der er eine Familie gründen würde. Meine Mutter verstand, was er sagte. Sie ließ ihn einmal davon reden, dann nie wieder. Dieser Sommer sollte allein ihnen beiden gehören, ein barbarischer Sommer, ein wunderbarer Sommer. Was danach geschah, durfte für sie nicht von Belang sein.

Bald kam der September. Von einem auf den nächsten Tag verschwand mein Vater, ohne ein Wort des Abschieds, ohne jede Erklärung. Ein anderer Amerikaner brachte nun die Dokumente ins Vorzimmer. Meine Mutter suchte, in den Sektoren suchte sie, lief zu den gemeinsamen Orten. Doch mein Vater war gegangen.

Walter erklärte.

Er sprach von meinem Vater als Feind. Als Spion, der auf seinen Botengängen vertrauliche Informationen beschafft hatte, jemand, der das angespannte Verhältnis der Staaten belastete. So wurde mein Vater von offizieller Seite zurückbeordert, mit der Auflage, niemals mehr einen Fuß auf deutschen Boden zu setzen.

Noch am selben Abend brach meine Mutter auf. Packte ihre wenigen Habseligkeiten zusammen und verließ die Stadt. Sie wollte nur los, wollte nur weg, fuhr, ging, rannte, irrte und verirrte sich.

Wohin sie wollte, wusste sie nicht. Was sie dort anfangen würde, wusste sie nicht. Und sie wusste nichts von diesem einen Leben in ihr, einem Leben, dem es bald freistehen würde, alle Möglichkeiten, die sich ihm boten, zu nutzen oder deren Gegenteil zu tun.

22. März 1952

Magdalena

Ich streifte durch den Wald, als ein kleines Mädchen aus einem Fuchsloch kletterte.

»Was machst du da?«, rief ich. »Da ist doch der Fuchs drin!«

»Nein«, sagte das Mädchen, »der Fuchs ist weg.«

»Aber warum warst du dann dort?«

»Ich wollte wissen, wie der Fuchs so lebt.«

Das Mädchen kam zu mir. Sie stank etwas, aber das konnte auch am Fuchsbau liegen. Sie trug eine viel zu weite Hose, die nur knapp von einem Gürtel gehalten wurde. Die beiden Gürtelenden waren miteinander verknotet. Vor allem aber fielen mir ihre Haare auf. Das Mädchen hatte keine und wenn, dann nur raspelkurze.

»Darf ich anfassen?«, fragte ich und zeigte darauf.

Sie nickte. So legte ich meine Hand auf ihren Kopf. Die Stoppel standen dicht, meine Finger glitten wie durch borstiges Fell.

»Du hast keine Haare«, stellte ich fest.

»Nein, hab ich nicht.«

»Warum hast du keine?«

»Wegen den Läusen. Die haben alle meine Haare weggemacht.«

»Wer? Die Läuse?«

Das Mädchen brach in Lachen aus.

»Sei doch nicht dumm. Läuse können keine Haare schneiden.«

Ich war keineswegs beleidigt. Ganz im Gegenteil. Ich stimmte in ihr Gelächter ein.

»Nein, das können sie wirklich nicht. So kleine Scheren gibt es überhaupt nicht.«

Sie kicherte, ich kicherte, meine Hand noch immer auf ihrem Kopf.

»Das fühlt sich warm an«, sagte ich, als wir uns einigermaßen beruhigt hatten.

»Du bist mutig«, sagte sie, »wenn die anderen hören, dass ich Läuse habe, laufen sie immer weg.«

»Dann sind die anderen ganz besonders dumm.«

»Ja, das sind sie.«

»Ich bin froh, dass ich nicht zu den anderen gehöre.«

Das Mädchen sah mich an.

»Das bin ich auch.«

So saßen wir nebeneinander vor dem Fuchsloch, in dem früher Dachse gewohnt hatten. Die Dachse hatten mit den Füchsen einen Frieden geschlossen, und weil der Bau groß genug für beide war, hatten sie gemeinsam darin gelebt, bis die Kinder aus der Stadt ihn ausgeräuchert hatten. Mir fiel ein, dass ich überhaupt nichts von dem Mädchen wusste.

»Wie heißt du?«, fragte ich es also.

»Magdalena. Aber alle nennen mich Magda.«

»Ich heiße Vasja. Ich mag meinen Namen nicht.«

»Ich finde ihn schön«, sagte Magda, »aber das heißt nicht, dass es der schönste Name von allen ist.«

»Man kann sowieso nicht wissen, was das Schönste von allem ist.«

Magda atmete tief ein und begann gleich darauf wieder zu kichern.

»Jetzt stinkst du auch.«

»Nach Fuchs?«

»Nach Fuchs.«

»Für Füchse ist das kein Gestank. Für sie ist das so, wie sie riechen.«

»Sehen wir uns wieder?«

»Klar«, sagte ich, weil ich nicht viel wusste.

Aber das schon.

22. November 2013

Menschen unseres Alters

Magda kommt jetzt jeden Tag vorbei. Sie bleibt viele Stunden. Sie zählt auf, was sich heutzutage verändert hat.

»Die Leute«, sagt sie, »die Leute wollen heutzutage immerzu draußen essen. Auch im Winter. Die Restaurants sind leer, aber vor den Restaurants sind durchsichtige Zelte aufgestellt. Dort sitzen die Leute unter Heizpilzen und hellblauen Gasflammen und trinken Cocktails.«

»Was hat sich noch verändert?«

»Wenn sie sich begrüßen, deuten sie jetzt Küsse auf die Wangen an. Viele deuten nicht nur an, die meisten küssen auch. Die linke Wange, die rechte Wange, noch mal die linke Wange. Ein Händedruck bedeutet nichts mehr.«

»Und?«

»Sie lesen nur noch die Überschriften von Texten. Sie essen entweder kaum Fleisch oder viel Fleisch. Sie benutzen viele englische Wörter. Sie tragen wieder die dicken Brillen, wie wir das damals getan haben. Sie bekommen keine Kinder mehr. Sie sind lieber in Städten als anderswo. Und sie schauen sich immer noch Musicals an.«

Ich unterbreche Magda, denn ich verstehe nicht alles, was sie beschreibt. Wir gehen ins Wohnzimmer und nehmen auf der Couch Platz. Zwei Menschen, die einander etwas bedeuten, sitzen zusammen auf einer Couch. Es ist eine Zeit lang her, dass ich einer von beiden war.

»Was jetzt?«

Wir starren auf den schwarzen Fernsehbildschirm.

Auf dem Tisch liegt eine Programmzeitschrift. Die interessanten Sendungen habe ich angekreuzt, aber ich möchte jetzt keine davon sehen.

»Was tun Menschen unseres Alters eigentlich so?«

»Menschen unseres Alters sind nicht mehr alt. Sie sind im besten Alter. Sie haben vierzig Jahre oder mehr gearbeitet. Jetzt erhalten sie Geld für ihre Anstrengungen. Mit diesem Geld gehen sie auf Reisen. Menschen unseres Alters reisen unglaublich viel. Sie tragen graue Hosen und fotografieren einander vor den wichtigsten Denkmälern der Welt. Menschen unseres Alters sind rüstig. Trotzdem sitzen sie oft in Wartezimmern von Ärzten, manche auch, wenn sie nicht dort sein müssten. Menschen unseres Alters beklagen sich, aber sie zeigen auch Verständnis. Sie belegen Tanzkurse, sie lernen an der Universität, sie malen Aquarelle und organisieren Ausstellungen. Sie tauschen Rezepte. Sie reden über ihre Kinder. Sie reden über Königshäuser. Sie reden über die Beatles und besuchen Orgelkonzerte in Kirchen. Menschen unseres Alters kleben Fotos in Alben. Sie lesen in Briefen. Sie sprechen mithilfe von Computern mit ihren Enkeln in Australien. Menschen unseres Alters haben Gärten, die sie pflegen. Menschen unseres Alters sitzen als Zuschauer in Fernsehstudios und klatschen zwei Stunden im gleichen Takt. Sie schimpfen auf die Politik und sind Mitglieder in Vereinen. Menschen unseres Alters schlafen miteinander. Sie betrügen einander. Sie verlieben sich, sie entlieben sich. Menschen unseres Alters halten durch. Manche geben auf.«

»Verhalten wir uns wie Menschen unseres Alters?«

Magda nickt.

»Aber wir könnten auch versuchen, anders zu sein.«

»Lass uns sachte damit beginnen.«

Sie greift nach der Programmzeitschrift und blättert zum heutigen Tag.

»Jetzt kommt eine Doku über die Wanderung von Elefanten. Die wolltest du doch sehen?«

Magda wartet keine Antwort ab. Sie nimmt die Fernbedienung. Auf dem Bildschirm ist die afrikanische Weite zu sehen. Elefanten an einer Wasserstelle. Eine tiefe Stimme erklärt, was sie da machen.

»Es ist schön, dass wir hier zusammen sitzen können«, sage ich.

»Das finde ich auch«, sagt Magda.

Da sitzen wir auf der Couch, zwei Menschen, die einander etwas bedeuten, und schauen Elefanten zu. Ich wüsste nichts, was besser sein könnte.

Henry Sys Leben: chronologisch

1910er

95	1919	Die Geschichte meiner Mutter

1940er

207	9.6.1946	Meine Mutter, mein Vater, unwesentlich später ich

1950er

17	11/1951	Eine wirklich schöne kleine Stadt
210	22.3.1952	Magdalena
52	1953	Verborgene Stadt
91	22.9.1953	S
65	27.4.1954	Schützenfest
110	4.9.1955	Gelbes Haus am Fluss
177	15.10.1955	In den Streuobstwiesen
41	1956	Auf dünnen Ästen
132	1957	Ein Henry
75	27.7.1957	Geistertauchen
164	24.12.1957	Eine Weihnachtsgeschichte
83	14.8.1958	Der Arm, die Bahn, der Mut
141	29.9.1958	Kohlen schaufeln
85	24.12.1958	Eine buckelige Welt
203	15.9.1959	Der Wald nach dem Regen
12	24.9.1959	Huck erwacht zum Leben
42	10/1959	Die Welt mit Huck

1960er

86	12.3.1960	Zwei Rätsel
25	13.5.1961	Die Fahne
106	5.8.1962	Nach dem Regen
180	17.7.1963	Keine Badewanne voller Tränen

1970er

1980er

Das Gegenteil von Henry Sy wurde ermöglicht und gefördert vom Literaturhaus Bremen. In besonderer Kooperation mit dem Fachgeschäft für vergessene Privatfotografien, der FOTOTHEK Weimar. Großen, besten Dank an Heike und Anke, an Nico und Stefan, an Jörg und Jana. Und einen ebensolchen an alle, die während des öffentlichen Schreibens mitgelesen, mitgefiebert, kommentiert, kritisiert und diskutiert haben.

Mehr von Henry und über das Schreiben unter www.henrysy.de

Stefan Petermann wurde 1978 in Werdau geboren. Seine Erzählungen *nebenan* und *Der Zitronenfalter soll sein Maul halten* wurden verfilmt und auf internationalen Festivals aufgeführt. 2009 erschien sein Debütroman *Der Schlaf und das Flüstern.* 2011 wurden seine Erzählungen im Band *Ausschau halten nach Tigern* veröffentlicht. Er lebt in Weimar.

www.stefanpetermann.de

Stefan Petermann hat einen präzisen Blick für schräge Geschichten. Sein fantastischer Realismus hat viel Luft bis zum Boden.
MDR

Zwei Perspektiven, eine Geschichte. Von Pola, die die Zeit anhalten kann. Von Janek, der hinter ihr Geheimnis kommt. Von Lange Sömme, einem Ort, in dem die Straßen auch nachts noch nach Kamillenblumen riechen. Von Schmetterlingen, die getötet werden müssen, um ihre Schönheit zu bewahren. Und von roten Flugzeugen, aus denen man springen muss, um ein Leben zu erfahren, das so magisch wie die Summe aller Wirklichkeiten ist.

Der Schlaf und das Flüstern
Roman, gebunden, 272 Seiten, 18,90 €, auch als E-Book

Der Weimarer Stefan Petermann hat ein so begeisterndes wie beklemmendes Talent für abstruse Zusammenhänge, seine Gestalten inszeniert er mit einem untrüglichen filmischen Gespür.
Mitteldeutsche Zeitung

Plötzlich ist er da. Der Moment, der alles verändert. Für den kleinen Jungen mit den Strickhandschuhen, der den gefrorenen Hager findet. Für die Brüder, die auf den Baum klettern, um zum Schweineholger zu linsen. Für Veronika, die das Gegenteil vom Meer sucht. Oder für Noofie und den Zitronenfalter, der endlich mal sein Maul halten soll. Stefan Petermann versteht es, mit feiner Beobachtungsgabe eigenartige und rätselhafte Figuren zu erschaffen, die sich mit ihren oftmals unvorhersehbaren und zaghaften Versuchen vor dem Ungewissen zu bewahren hoffen.

Ausschau halten nach Tigern
Erzählungen, gebunden, 160 Seiten, 16,90 €, auch als E-Book